AF239625

Lady of Lust

Heiße Lust

und

Eiskalte List

Impressum

Herstellung und Verlag:
BoD - Books on Demand, Norderstedt

ISBN 978-3-84821-110-4

Kapitel 1

Nathalie ließ das lauwarme Duschwasser über ihren Körper rieseln. Wieder verspürte sie ein leichtes Ziehen im Unterleib, und sie war froh, einen Termin bei einem Frauenarzt gemacht zu haben, um den Grund dafür heraus zu finden. Jedes Mal nach dem Geschlechtsverkehr, seit sie mit Martin in dieser fremden Stadt war, verspürte sie dieses unangenehme Ziehen. Wäre sie zuhause, wäre es überhaupt kein Problem, denn ihr Frauenarzt dort wohnte nur ein paar Häuser von ihnen entfernt. Hier jedoch musste sie erst im Telefonbuch nachsehen, wo es einen in ihrer Nähe gab. Sie hatte sehr schnell einen Termin bekommen und sah der Untersuchung heute mit gemischten Gefühlen entgegen.

Seit sie hier waren, hatte Martin kaum noch Zeit für sie. Der Grund warum Nathalies Vater sie hierhin geschickt hatte war, dass es jemanden in der Zweigfiliale der Firma ihres Vaters gab, der bis jetzt schon eine hohe Summe der Firmengelder veruntreut hatte und immer noch veruntreute. Martin sollte herausfinden, wer es war, und der treue alte Buchhalter sollte ihn dabei unterstützen. Bisher tappte Martin aber noch vollkommen im Dunkeln.

‚Ob man hier auch auf diesen furchtbaren Untersuchungsstuhl muss?'

überlegte sie und hätte am liebsten den Termin wieder abgesagt. Doch es musste sein, und das wusste Nathalie auch. Wie viele andere Frauen auch, hegte Nathalie eine große Abneigung gegen diesen Stuhl, denn wenn man darauf lag, gab man seine ganze

5

Scham den Blicken eines fremden Menschen preis. Doch es blieb ihr keine Wahl.

Aufgeregt betrat sie später an diesem Morgen die Arztpraxis. Es waren helle, freundliche Räume, in die sie hinein trat, und Nathalies Nervosität legte sich etwas. Auch die Praxisangestellte war sehr freundlich und geleitete sie in einen Raum, in dem der gynäkologische Stuhl den größten Platz einnahm.

„Würden Sie bitte ihren Unterleib freimachen?"

Die freundliche Angestellte erinnerte Nathalie daran, warum sie eigentlich in diesem Raum war.

„Ja, natürlich, selbstverständlich. Entschuldigen Sie bitte, "

stotterte Nathalie und zog sich aus.

Dann half ihr die junge Frau auf den Stuhl und hob erst ihr rechtes und dann ihr linkes Bein hoch und legte es über die Schalen, die dafür angebracht waren.

„Rutschen Sie bitte noch ein wenig nach vorne, ja, so ist es gut."

Ihre Beine weit gespreizt und etwas hilflos und beschämt lag sie vor der jungen Frau, die gekonnt mit den Geräten hantierte. Dann drehte die Angestellte sich um und holte etwas aus einem Schrank.

„Ich werde Sie jetzt rasieren. Das machen wir immer so vor einer Untersuchung. Ich hoffe, das Wasser ist nicht zu kalt."

Nathalie schüttelte den Kopf, während die junge Frau ihre Genitalien einseifte. Nathalie schämte sich unsagbar. Hilflos war sie den Blicken dieser jungen Krankenschwester ausgeliefert, die sich unbeirrt und gewissenhaft daran machte, die äußeren Schamlippen und den Rest von Nathalies Geschlechtsteil von den leicht gekräuselten Härchen zu entfernen. Währenddessen wuchs Nathalies Scham ins Unermessliche und fast Unerträgliche. Sie schlug ihre Augenlider nieder und glaubte so, ihre Scham hinter ihren geschlossenen Augen verbergen zu können.

„Der Arzt wird gleich zu Ihnen kommen."
Mit diesen Worten verließ die junge Arzthelferin den Raum, und Nathalie lag alleine auf dem Marterstuhl, wie sie den gynäkologischen Stuhl, auf dem sie lag, getauft hatte. Ihre Beine weit gespreizt und festgebunden, ebenso ihre Arme. Ihre Scham fühlte sich sehr kühl und äußerst nackt an, seitdem die Arzthelferin ihr dort sämtliche Schamhaare weg rasiert hatte. Ihr gegenüber stand ein Schreibtisch und dahinter befand sich ein Fenster. Nathalie hoffte inständig, dass man sie nicht durch das Fenster beobachten konnte.

Hinter ihr öffnete sich eine Tür und sie hörte, wie jemand den Raum betrat.

„Guten Morgen, wie geht es Ihnen?"
Diese Stimme, diese Stimme. Nathalie wäre am liebsten von dem Stuhl hinunter gesprungen, aber es ging nicht, denn ihre Beine und Arme waren angeschnallt.

Sie hörte das Rauschen von Wasser. Der Arzt, der den Raum betreten hatte, wusch sich ausgiebig die Hände, bevor er zu ihr trat.

Diese Stimme, Nathalie wurde fast ohnmächtig. Dann trat der Arzt zwischen ihre Beine und hob seinen Blick.

„Nathalie, meine Güte, Nathalie, bist du das wirklich?"
Nathalie konnte nur nicken, die Tränen liefen ihre Wangen hinunter.

„Ja, Daniel, ja. Ich bin es wirklich."

Minuten vergingen, und keiner der Beiden sprach ein Wort. Sie sahen sich nur an. Endlich bewegte sich

7

Daniel und ging ein paar Schritte zurück und betrachtete sie etwas aus der Ferne.
„Daniel, bitte",
flehte Nathalie leise.
„Du müsstest doch wissen, wie sehr ich mich in dieser Position schäme."
Doch Daniel antwortete nicht, sondern sah sie nur an. Sah auf diese beiden Beine, die weit gespreizt vor ihm auf den extra dafür angebrachten Auswuchtungen lagen und stierte auf ihre Genitalien, die er so vorher noch nicht gesehen hatte. Er vermisste die kleinen Härchen, die seine Finger zärtlich gekrault hatten und die ihre Scheide zum Teil vor ihm versteckten. Ihre Schamlippen waren nackt, so nackt, dass sein Penis in seiner Hose anfing, zu wachsen und zu rebellieren.
„Daniel, bitte. Was ist los mit dir?"
Erst diese Worte von Nathalie brachten Daniel dazu, sich ihr wieder zu nähern. Einen Schritt vor ihren gespreizten Beinen blieb er stehen, und seine rechte Hand strich zärtlich über die Innenseite ihres linken Oberschenkels. Nathalies Körper wurde überflutet von einer Gänsehaut, die Daniel mit einem leichten Lächeln bemerkte.

„Ich hatte vergessen, wie schön du bist",
brach es aus ihm heraus.
„Oh, Nathalie,"
seufzte er und legte seinen Kopf auf ihren Körper, direkt oberhalb ihrer Scham. Tief atmete er ein, um ihren unvergleichlichen Duft in sich aufzunehmen und dabei keinen Blick von ihren weiblichen Genitalien zu lassen.
„Daniel, bitte, Daniel",
flehte Nathalie leise.
Am liebsten hätte sie ihm jetzt mit ihren Fingern durch seine dichten, leicht gewellten Haare gestreichelt, aber sie konnte nicht, denn sie war angebunden.

„Ich habe dich so vermisst",
stöhnte Daniel.
„Oh, Nathalie, es tut so gut, dich zu spüren und dich
zu riechen. Wie hast du mich nur gefunden?"
„Ich habe dich nicht gefunden, Daniel. Mein Mann
musste geschäftlich in diese Stadt, und da es länger
dauern kann, bin ich einfach mitgekommen."
Bei diesen Worten von Nathalie schien Daniel wie aus
einem Traum aufzuwachen.
„Trotzdem hast du mich gefunden."
„Ja, wenn man es so sieht, hast du recht, Daniel."

In diesem Moment klopfte es leicht an die Tür, und die
Sprechstundengehilfin von eben betrat den Raum.
„Ich werde dich jetzt untersuchen, Nathalie. Hier bei
uns ist es so, dass ein Arzt bei der Untersuchung nicht
alleine mit einer Patientin sein darf. Das ist Beatrice, "
dabei deutete er auf die junge Frau, die gerade den
Raum betreten hatte.
„Beatrice ist eine examinierte Krankenschwester. Es
muss ausgeschlossen werden, dass ein Arzt sexuelle
Handlungen an seiner Patientin ausübt. Viele Frauen
haben nach einer gynäkologischen Untersuchung den
behandelnden Arzt wegen sexueller Nötigung
angezeigt. Um dem vorzubeugen, muss immer eine
weibliche Arzthelferin dabei sein. Verstehst du das,
Nathalie?"
Nathalie konnte nur nicken, denn es war ihr einfach zu
peinlich. Während Daniel ihr erklärt hatte, warum
Beatrice bei der Untersuchung zugegen sein musste,
hatte er sich dünne Gummihandschuhe über seine
kräftigen Finger gezogen.
„Bei der Anmeldung hast du gesagt, dass du ein
Ziehen im Unterleib verspürst. Ist das ein ständiger
Schmerz oder tritt er nur sporadisch auf?"
Nathalie errötete tief, als sie antwortete,

„Meistens, während ich mit meinem Mann Sex habe und danach."

Sie sah ängstlich auf die Sprechstundengehilfin und schämte sich entsetzlich. Doch diese lächelte sie nur aufmunternd an. Sie hatte mittlerweile einen kleinen Wagen herangezogen, auf dem verschiedene Untersuchungsgegenstände lagen.

„Nathalie, als erstes muss ich deine Vagina dehnen, dafür nehme ich den Spreizer. Er wird sich am Anfang etwas kühl anfühlen, und es ist vielleicht auch nicht angenehm, aber ich werde sehr vorsichtig sein."

Nathalie spürte, wie ein kalter, metallener Gegenstand in die Öffnung ihrer Scheide eingeführt wurde.

„Du musst Dich entspannen, Nathalie, bitte."

Zwischen ihren weit gespreizten Beinen schauten Daniels Augen sie ernst an.

,Wie damals beim ersten Mal,'
dachte Nathalie.

,Da bat er mich auch, dass ich mich entspannen sollte.'

Nathalie versuchte es, als aber Daniel den Gegenstand in ihrer Scheide anfing zu spreizen, stöhnte sie laut auf.

„Es muss sein, Nathalie. Ich muss in dich hineinsehen können. Hat noch nie ein Arzt in deine Vagina geschaut?"

Nathalie schüttelte ihren Kopf.

Beatrice stand mit Daniel zwischen Nathalies geöffneten Schenkeln und sah zu, wie Daniel ihre Scheide dehnte. Nathalie versuchte, nicht mehr zu stöhnen, doch dann konnte sie es nicht mehr zurückhalten.

„Daniel, bitte, das tut jetzt weh",
klagte sie.

„Es ist schon gut, Nathalie. Jetzt ist deine Scheide weit genug gedehnt, so dass ich hoffentlich sehen kann, was mit dir los ist."

Beatrice rollte erst ein Gerät und dann einen kleinen Hocker heran und schob sie vor Nathalie. Daniel setzte sich auf den Hocker vor ihr und rollte das Gerät, um in ihre Vagina zu sehen, direkt vor sich. Es war Nathalie, als ob er einen kalten, metallenen Gegenstand in sie hineinschob. Sie stöhnte auf, obwohl es nicht weh tat, es war nur unangenehm.

„Nur noch ein bisschen höher, dann hast du es gleich überstanden."

Beatrice stand neben Daniel und sah genau zu, wie er Nathalie den metallenen Gegenstand in ihre Scheide schob.

Und wie damals schloss Nathalie ihre Augen und glaubte so, ihre Scham zu verbergen.

Dann spürte sie, wie etwas, was immer es auch gewesen war, langsam aus ihr herausgezogen wurde, und wie Daniel unter Mithilfe von Beatrice den Spreizer aus ihrer Scheide entfernte. Nathalie atmete auf und hoffte, dass sie aufstehen dürfte. Sie öffnete ihre Augen und in dem Moment führte Daniel seinen rechten Zeigefinger und Mittelfinger tief in ihre Vagina ein.

„Ich werde dich jetzt von innen abtasten, bitte bleibe entspannt."

‚Warum nur ist Beatrice hier und sieht das alles?'

dachte Nathalie voller Scham und hätte am liebsten aufgeschrien. Sie fühlte, wie seine Finger vorsichtig die Innenwände ihrer Scheide abtasteten und seine andere Hand dabei ihren Unterleib von außen befühlte. Als sie in seine Augen sah, wusste sie, dass es bei dieser Untersuchung nicht um sexuelle Handlungen ging. Er versuchte nur heraus zu bekommen, warum sie Beschwerden hatte. Plötzlich war Nathalie ganz entspannt und gab sich seinen Händen hin. Ein Lächeln trat auf Daniels Gesicht, so, als ob er verstanden hätte, was gerade in ihr vorging. Glaubte Nathalie, die Untersuchung wäre jetzt überstanden, so hatte sie sich getäuscht. Inzwischen hatte Daniel seine Finger aus ihrer Vagina entfernt, aber dafür hatte er Beatrice aufgefordert, Nathalie in eine andere Lage zu bringen. Zwar waren ihre Beine gespreizt, so weit wie es nur ging, aber sie waren Daniel nicht weit genug nach hinten gedrückt.

Geschickt hantierte Beatrice wieder mit dem Stuhl und drückte Nathalies Beine so weit sie konnte auf ihre Brüste herunter. Dabei hob sich ihr Hintern leicht an und Daniel, der dabei stand und zusah, hatte nun einen guten Blick auf Nathalies' Vagina und ihre gespreizten Pobacken.
„So ist es gut, Beatrice",
beendete er die Dehnung von Nathalies' Beinen. Nathalie wusste nicht mehr, wie sie den Blicken von Beatrice und Daniel ausweichen könnte. Fest angebunden bot sie ihren gesamten nackten Unterkörper den Augen der Beiden dar. Daniel hatte sich in der Zwischenzeit seiner Gummihandschuhe entledigt und zog sich neue über seine Finger.
„Bitte Nathalie, ich weiß, dass das eine ganz unangenehme Lage ist, in der du dich gerade befindest, aber du musst versuchen, dich zu entspannen. Ich werde dich jetzt gleichzeitig vaginal und anal untersuchen. Du musst keine Angst haben, ich werde versuchen, so vorsichtig wie nur möglich zu sein."
Wieder schloss Nathalie ihre Augen und hätte sich am liebsten versteckt. Sie spürte erst einen Finger in ihrer Vagina und dann, wie Daniel den jetzt feuchten Finger langsam tief in ihren Arsch drückte. Mit Fingern der anderen Hand untersuchte er dabei ihre Scheide.

Seine Finger, die ihr doch eigentlich vertraut sein mussten, erzeugten jetzt nur Scham in ihr. Wäre sie mit Daniel alleine gewesen, hätte sie sich bestimmt nicht so geschämt. Aber es waren die Augen von Beatrice, die dieser Untersuchung genau folgten und die in Nathalie dieses immense Schamgefühl hervorriefen.

Endlich war es vorbei und Daniel zog vorsichtig seine Finger aus ihren Körperöffnungen. Langsam streifte er die Handschuhe von seinen Fingern und sah sie nachdenklich an.

„Du kannst dich wieder anziehen, Nathalie."

Mit einem Lächeln um ihren Mund und mit flinken Fingern erlöste Beatrice Nathalie aus ihrer peinlichen Position und half ihr, von dem Stuhl herunter zu steigen. Schnell zog sich Nathalie ihr Kleid über den Kopf, um ihre Scham zu verbergen. Mit einer einladenden Geste bat Daniel sie, auf dem Stuhl vor seinem Schreibtisch Platz zu nehmen. Dann bat er Beatrice, sie bitte alleine zu lassen.

„Was ist los, Daniel? Was ist mit mir? Ist es etwas Schlimmes?"

„Das kann ich so noch nicht sagen, Nathalie. Vaginal sowie rektal konnte ich nichts feststellen. Ich habe einen Abstrich genommen, um zu sehen, ob eventuell eine Entzündung vorliegt. Das Resultat dieser Untersuchung liegt mir aber erst in einer Woche vor. Ich würde dich bitten, einen neuen Termin zu machen, und dann wissen wir mehr."

Nathalie war beruhigt. Es schien nichts Schlimmes zu sein.

„Trägst du immer noch kein Höschen?"

Nathalie errötete zutiefst.

„Nein, nein,"

stotterte sie verlegen.

„Du solltest nicht ohne Höschen herumlaufen. Ein Höschen kann dich schützen."
Dabei lächelte er sie an.

„Ach, du, ach,"
rief Nathalie aus.
„Erst sagst du, ich sollte kein Höschen tragen, und wenn ich das mache, sagst du mir, ich sollte doch ein Höschen tragen. Was meinst du wirklich? Weißt du überhaupt, was du willst?"
„Als Liebhaber wünsche ich mir natürlich, dass du ohne Höschen zum Stelldichein kommst. Als Arzt aber muss ich dir sagen, dass es besser ist, wenn du es trägst."
Wieder wurde Nathalie über und über rot.
„Du darfst bis zu Deiner nächsten Untersuchung keinen Sex haben, Nathalie. Glaubst du, dass du das schaffst?"
„Natürlich, Daniel. Mein Mann wird es verstehen."
Wieder errötete sie tief, und Daniel musste lächeln.
„Benutzen du und dein Mann Sexspielzeug, wenn Ihr Euch liebt?"
„Daniel!"
rief Nathalie gespielt empört auf.
„Und wenn, das geht dich nichts mehr an."
„Nathalie, ich frage doch nicht als verletzter Liebhaber, ich stelle diese Frage als Arzt. Also, benutzt Ihr häufig verschiedene Sexspielzeuge?"
„Nein, nein, in der letzten Zeit nicht."
Beschämt senkte Nathalie ihren Kopf.
„Ich frage doch nur, um herauszufinden, warum du dieses Ziehen in deinem Unterleib verspürt. Es hätte ja sein können, dass dein Mann dich zu heftig damit traktiert."
„Nein, Daniel, das kann nicht der Grund sein."

„Wie hast du mich gefunden, Nathalie?"

„Ich habe dir doch schon gesagt, dass ich dich nicht gefunden habe, ich habe nur einen Arzt gesucht, und dann war ich plötzlich bei dir."

„Es sollte wohl so sein, Nathalie. Ich freue mich, dass du mich gefunden hast."

„Ich freue mich auch, Daniel."

Beide sahen sich an und wussten, es würde nicht das letzte Mal sein, dass sie sich wiedersehen würden.

Daniel ging zu einem Schrank an der Seite des Raumes und entnahm eine kleine Arzneischachtel. Er öffnete sie und zeigte Nathalie die zehn Tütchen, die sich darin befanden.

„Bitte gebe das Mittel in Dein Badewasser und bade einmal täglich darin."

„Danke, Daniel."

„Vergiss nicht einen neuen Termin zu machen."

„Nein, Daniel, ich vergesse es nicht."

Als sie vor Beatrices Schreibtisch stand, um mit ihr einen neuen Termin zu vereinbaren, kam wieder die Scham in ihr hoch. Noch nie hatte eine Frau sie nackt gesehen und dann auch noch in einer solchen Position. Rot bis über beide Ohren nahm sie den neuen Termin entgegen und verließ fast fluchtartig die Praxis. Beatrice sah ihr nach und fragte sich, ob ihr Chef und diese Frau sich schon länger kannten. Denn eigentlich duzte er seine Patientinnen nicht und redete sie auch nicht mit ihren Vornamen an. Dass sie heimlich in Daniel verliebt war, wusste außer ihr niemand. Vielleicht ahnte Daniel es ja, aber wenn er es wusste, zeigte er es ihr nicht. Beatrice litt still und wusste nicht, wie sie es ihm sagen sollte. Sie wartete auf einen günstigen Augenblick, aber bis jetzt war er noch nicht gekommen. Darum war auch eine Spur Eifersucht in ihr, als sie bemerkte, dass Daniel diese Frau duzte.

Vielleicht wäre Beatrice noch eifersüchtiger auf Nathalie geworden, hätte sie gewusst, dass ihr Chef und diese Frau während ihrer gemeinsamen Studienzeit ein Liebespaar waren. Daniel studierte an der medizinischen Fakultät und Nathalie versuchte auf der anderen Seite des Campus, ihren Abschluss als Betriebswirtin zu schaffen. Beide promovierten mit Auszeichnung und von da ab trennten sich ihre Wege. Hätte Nathalie damals schon gewusst, dass ihre Eltern hinter dieser Trennung steckten, hätte sie Daniel bestimmt nicht kampflos gehen lassen. Er war es, der sie in die körperliche Liebe einführte und gemeinsam mit ihm, erlebte sie ihren ersten Sex. Sie war eher unerfahren in diesen Dingen und Daniel, der schon gewisse Erfahrungen mitbrachte, bereitete es große Freude, mit ihr gemeinsam immer neue Sexpraktiken auszuprobieren. Nathalies Eltern besaßen ein kleines Ferienhaus nicht weit von Flensburg, und das junge Paar verbrachte dort viele unbeschwerte Stunden, bis sich ihre Wege trennten. Es dauerte lange, bis Nathalie über Daniels plötzlichen Weggang hinwegkam. Selbst er wusste nicht, dass Nathalies Eltern in Verbindung mit seinem Doktorvater einen befreundeten Klinikchef weit weg im Süden von Deutschland überzeugt hatten, den jungen Arzt einzustellen. Sie selbst hatten längst einen anderen Kandidaten für ihre Tochter ausgesucht. Ihm gelang es schließlich nach heftigem Werben, ihr Herz zu erobern.

Kapitel 2

Martin hatte sie kurz gefragt, was der Arzt herausgefunden hätte. Als Nathalie ihm antwortete, dass sie es erst bei dem nächsten Arzttermin erfahren würde, ließ er sie in Ruhe und sprach sie nicht mehr darauf an. Es gab auch keinen Grund, denn als sie ihm erklärte, dass sie bis dahin keinen Sex miteinander haben dürften, war das Thema für ihn erledigt. Er hatte zu viel Stress in der Firma, um noch wirklich Zeit für seine Frau zu haben.

Martin arbeitete den ganzen Tag und kam meist erst spät abends nach Hause. Dann ging er sofort schlafen, um schon früh am nächsten Morgen wieder in die Firma zu fahren. Die beiden Ehepartner sprachen in dieser Zeit sehr wenig miteinander, da Martin auch die Wochenenden auf der Arbeit verbrachte. Er glaubte, dem Veruntreuer dicht auf der Spur zu sein und vermutete, dass er immer noch in der Firma arbeitete. Sein Ehrgeiz, diesen Menschen zu fassen, war groß.

Nathalie verbrachte viel Zeit damit, ihre neue Umgebung zu erkunden und bemerkte dabei nicht, wie sehr Martin sie vernachlässigte. Nachdem sie eine Woche lang jeden Tag in dem Pulver, das ihr Daniel mitgegeben hatte, gebadet hatte, war heute der Termin für eine neuerliche Untersuchung bei ihm.

Nathalie hatte sich besonders hübsch zurecht gemacht und trug, so wie er es ihr angeordnet hatte, ein winziges Höschen. Sie hatte es in einem Dessous Geschäft in einer der vielen Straßen dieser eher bieder wirkenden Stadt entdeckt und es sofort gekauft.

Aufgeregt betrat sie die Praxis und meldete sich bei Beatrice an. Diese lächelte freundlich und bat sie, noch einen Moment Platz zu nehmen, da Daniel noch mit einer anderen Patientin beschäftigt war. Nathalie blätterte in einer der Illustrierten, die auf einem kleinen Tisch lagen, aber ihre Gedanken wanderten zu Daniel, und sie musste an ihre gemeinsamen Tage in Rostock denken, wo beide studiert hatten und wo Daniel sie entjungfert hatte. Sofort spürte sie, wie ihre Scheide feucht wurde, und sie erschrak.
‚Ob Daniel es bei der Untersuchung merken würde, dass sie feucht und erregt war?'
Peinlich berührt von diesem Gedanken vertiefte sie sich wieder in die Lektüre über Prominente, die sie überhaupt nicht kannte und für die sie sich eigentlich auch nicht interessierte.

„Sie können jetzt herein kommen",
rief Beatrice, und Nathalie stand schnell auf. Sie hatte überhaupt nicht gemerkt, dass jemand aus Daniels Büro heraus gekommen war. Nervös betrat sie den Raum, und Beatrice, die mit ihr herein gekommen war, sagte:
„Ziehen Sie sich bitte aus und kommen Sie dann zu dem Untersuchungsstuhl."
Nathalie ärgerte es ein wenig, dass es wieder Beatrice war, der sie sich nackt zeigen musste, aber es half nichts, denn Daniel würde jeden Moment den Raum betreten. Nachdem ihre Beine und ihre Arme festgebunden waren, prüften Beatrices Finger sorgfältig, ob sie die äußeren Schamlippen von Nathalie rasieren müsste. Aber sie befand, dass es noch nicht nötig war, und verließ den Raum.
Schon kurze Zeit später war das kraftvolle
„Guten Tag, wie geht es dir?"
von Daniel zu hören, der sich dabei seine Hände wusch.

„Danke, Daniel, gut. Aber es würde mir noch viel besser gehen, wenn ich nicht auf diesem verdammten Marterstuhl liegen und aller Welt meine Nacktheit preisgeben müsste."

Daniel lachte laut auf.

„Ist es wirklich so schlimm, meine kleine Nathalie?"

Nathalies Körper wurde sofort von einer dicken Gänsehaut überzogen. Seine nun weiche Stimme versetzte sie zurück in die Zeit, in der er sie geliebt hatte und ihr dazu verholfen hatte, das erste Mal in ihrem bisherigen Leben einen Orgasmus zu erleben. Außerdem hatte er ihr gezeigt, wie sie sich selbst einen Orgasmus bereiten konnte.

„Daniel,"

flüsterte sie benommen,

„ach, Daniel."

Sie schloss die Augen und genoss diesen wundervollen Moment, um sofort wieder in die Wirklichkeit zurück gerissen zu werden.

„Beatrice, du kannst herein kommen."

Daniel hatte in das Mikrofon auf seinem Schreibtisch gesprochen und Beatrice in das Untersuchungszimmer gerufen. Langsam trat er auf Nathalie zu, und sie sah seine Blicke auf ihre Scham gerichtet, die sie ihm nackt und mit weit gespreizten Beinen darbot. Die wunderbare Gänsehaut, die eben noch ihren Körper lustvoll überflutet hatte, wich einer großen Scham und erzeugte eine unangenehme Gänsehaut, die sich noch verstärkte, als Beatrice den Raum betrat und sich zu Daniel zwischen ihre nach außen gewinkelten Beine gesellte.

Wieder streifte Daniel dünne Gummihandschuhe über seine Finger, ohne dabei den Blick von ihren Genitalien zu nehmen. Dann drückte er mit seiner linken Hand leicht auf ihren Unterleib und führte zwei Finger seiner rechten Hand langsam und vorsichtig in ihre Scheide ein. So tief wie es ihm seine Finger erlaubten, spürte Nathalie sie in sich. Auch dass sie die Innenseiten ihrer Vagina untersuchten und dabei bis zu ihrer Gebärmutter vordrangen.

„Du musst dich entspannen, bitte, Nathalie."
Nathalie hatte nicht bemerkt, wie angespannt sie seinen Fingern in sich gefolgt war und versuchte, locker zu bleiben.
„Nathalie, ich muss dich noch einmal spreizen, um zu sehen, ob sich seit letzter Woche etwas verändert hat. Du weißt ja nun, dass es nicht weh tut, und ich bitte dich, ganz entspannt und locker zu sein. Dann ist es für dich und mich leichter."
Nathalie versuchte es wirklich, aber wieder kam der Punkt, an dem sie glaubte, die Dehnung des Spreizgerätes nicht länger aushalten zu können und laut aufstöhnte.
„Ist schon gut, tapfere Nathalie, ist schon gut. Und nun entspann dich wieder, bitte, Nathalie."
Sie versuchte es und spürte das Gerät, mit dem Daniel in sie hineinsehen konnte, tief in ihrer Scheide. Es kam ihr vor wie eine Ewigkeit, bis er es langsam aus ihr herauszog.
Beatrice schob das Gestell, auf dem das Gerät angebracht war, mit dem er in ihre Scheide blicken konnte zur Seite, und Daniel streifte seine Handschuhe ab, um sich aber sofort neue anzuziehen.

Nathalie ahnte was jetzt kommen musste, und ihre Befürchtung wurde wahr. Beatrice drückte wie beim letzten Mal mithilfe des Marterstuhles ihre Beine noch weiter nach außen und bis hinunter auf ihre Brust. In dieser Position waren selbst ihre beiden Arschbacken angehoben und weit gespreizt.

Wieder stellte sich Daniel vor sie, und Nathalie bemerkte, dass er seinen Mittelfinger in Gleitcreme getaucht hatte.

„Bitte, Nathalie, bitte. Ich sehe an deinem Gesicht, dass du nicht entspannt bist. Versuche dich zu lockern, und ich versuche, dir nicht weh zu tun."

Nathalie wusste, dass sie locker bleiben sollte, aber das war nicht so einfach, wenn man in so einer Position vor zwei Menschen lag und sich nackt darbot. Es gefiel ihr überhaupt nicht, dass Beatrice sie so genau betrachtete.

„So, Nathalie, ich werde jetzt meinen Finger in deinen After schieben, hole bitte tief Luft, ja, so ist es gut, " und ehe Nathalie es sich versah, hatte er seinen Finger tief durch das enge Loch zwischen ihren Pobacken geschoben. Dann spürte sie, wie zwei Finger seiner anderen Hand in ihre Scheide gedrückt wurden und wie er sie gleichzeitig anal und vaginal untersuchte.

‚Warum muss Beatrice dabei sein, warum kann ich nicht mit Daniel allein sein, dann wäre alles nur halb so schlimm?'

dachte Nathalie und wusste nicht, wie sie ihrer immensen Scham Herr werden sollte.

Schließlich entfernte Daniel langsam und vorsichtig seine Finger aus ihr und zog anschließend die Gummihandschuhe aus.

„Es ist gut, Beatrice, die Untersuchung ist beendet. Wolltest du heute nicht früher nach Hause gehen?"

Beatrice nickte freudig.

„Dann kannst du jetzt ruhig gehen. Nathalie war doch die letzte Patientin für heute oder wartet sonst noch jemand draußen?"

„Nein, Nathalie war die Letzte für heute."

„Gut, Beatrice, dann bis nächste Woche, und ein schönes Wochenende wünsche ich dir."

„Danke, Daniel, dasselbe wünsche ich dir auch, und Ihnen auch, Nathalie."

Währenddessen hatte sie Nathalie geholfen, wieder von dem Marterstuhl herunter zu steigen und verließ den Raum. Nathalie beeilte sich, ihr neuerworbenes Höschen und ihr Kleid anzuziehen.
„Das gefällt mir",
hörte sie eine anerkennende Stimme. Daniel pfiff leise durch die Zähne.
„Was meinst du?"
„Das Höschen gefällt mir, sehr sogar. Ich glaube, ich werde meine Meinung etwas revidieren müssen, wenn es um das Tragen eines Höschen geht, vor allen Dingen, wenn es so ein Nichts von einem Höschen ist."
Daniel war bei diesen Worten ganz dicht an Nathalie heran getreten und legte zärtlich seine Arme um ihre Hüften.
„Ich habe dich so vermisst",
flüsterte er ihr ins Ohr.
„Oh, meine kleine Nathalie."
Nathalie schmiegte sich an seinen starken Körper und genoss seine Umarmung. Lange blieben sie so stehen und erschraken, als sie das Zuschlagen der Praxistür hörten.
„Beatrice ist gegangen, nun sind wir beide endlich allein."

Daniel drängte seinen Körper noch näher an Nathalie, und sein Atem ging schneller. Was er und Nathalie aber nicht wussten war, dass Beatrice noch einmal kurz in das Untersuchungszimmer gekommen war und beide in ihrer innigen Umarmung beobachtet hatte. Weinend war sie anschließend hinaus gelaufen und hatte die Außentür der Praxis wütend zugeschlagen. Der Schmerz in Beatrices Brust war fast unerträglich, denn sie hatte insgeheim gehofft, dass Daniel sich in sie verlieben würde.

„Und nun kommt diese Nathalie und nimmt ihn mir einfach weg",

stieß sie so laut hervor, dass sich Passanten erstaunt nach ihr umdrehten.

Kopflos rannte Beatrice davon und weinte hemmungslos.

Währenddessen fanden Daniels Lippen die von Nathalie und saugten sich an ihr fest, während seine Hand ihren Rücken streichelte.

„Ich habe dich so vermisst, Nathalie, und ich dachte wirklich, ich würde dich nie mehr wiedersehen."

„Das dachte ich auch, Daniel, ach, es ist schön, dich zu spüren."

Wieder fanden sich ihre Lippen, und ihre Zungen spielten miteinander, bis es Nathalie gelang, sich an Daniels Zunge festzusaugen, gerade so, als ob sie seinen Penis in ihrem Mund hätte.

Laut stöhnend schob Daniel sie etwas von sich weg, und es gelang ihm nur mit größter Anstrengung, seine Zunge aus ihrem Mund zu ziehen.

„Nathalie, langsam, bitte, Nathalie, Du machst mich verrückt."

„Du mich auch,"

keuchte Nathalie und versucht erneut, an seine Zunge zu gelangen. Sie ließ es zu, dass Daniel ihr Kleid anhob und sich seine Finger unter ihren Schlüpfer tasteten. Jetzt war er nicht mehr der untersuchende Arzt, jetzt war er ein Mann, der sexuell sehr erregt war und sie nicht mehr als seine Patientin, sondern als Frau sah, die ihn heiß machte.

Vorsichtig streifte er das Nichts von Höschen herunter und befühlte mir seinen kundigen Fingern ihre nackten Schamlippen.

„Ja, Daniel, ja, ah, das ist gut, ja, Daniel!"

Nathalie zitterte unter seinen Händen und war bereit, sich ihm hinzugeben. Jede Faser ihres Körpers wartete darauf, von ihm genommen zu werden, von ihm gefickt zu werden.

Er griff um ihre beiden festen Arschbacken, hob sie hoch und trug sie so zu seinem Schreibtisch. Dort setzte er sie vorsichtig auf die Kante und zog das winzige Höschen über ihre Füße und warf es in den Raum.

„Lehne dich nach hinten und stütze dich mit deinen Händen auf dem Schreibtisch ab",

stöhnte er erregt, und Nathalie merkte, er konnte sich kaum noch unter Kontrolle halten. Sie tat, was er gesagt hatte, und ließ es zu, dass er ihre Füße auf die Kante seines Schreibtisches stellte. Nun lag sie rücklings vor seinen vor Geilheit glänzenden Augen. Ihre Beine weit gespreizt und gewillt, seinen harten Schwanz in sich aufzunehmen. Nervös nestelte er an seiner Hose, und endlich fiel sie hinunter.

Nathalie hatte fast vergessen, wie groß sein Penis war und stöhnte laut auf unter dem Anblick, der ihr sein erregtes Glied bot. Die kräftigen Adern entlang seines Schaftes klopften und sein Hodensack war prall gefüllt.

„Ich will ihn lecken, bitte, Daniel, ich will ihn schmecken, bitte!"

Gierig sahen ihre Augen auf seinen Schwanz und veranlassten Daniel, um den Schreibtisch herum zu gehen und ihn in ihren Mund zu stecken. Sofort umschlossen ihre Lippen seine dick angeschwollene Eichel und saugten sich an ihr fest.

So, wie Nathalie vergessen hatte, wie groß Daniels Schwanz war, hatte Daniel vergessen, wie gut Nathalie darin war, seinen Schwanz zu lutschen und leer zu saugen. Keuchend umfasste er ihn mit seiner kräftigen Hand und rieb ihn hart auf und ab. Es dauerte nicht lange und Nathalie bekam, was sie so heftig versuchte, aus ihm heraus zu saugen. Tief in ihren Mund spritzte er sein Sperma, und Nathalie schluckte es dankbar. Bis auf das letzte Tröpfchen saugte sie alles aus ihm heraus und sah dabei zu, wie seine Hoden langsam erschlafften und ihren Inhalt in ihren bereitwilligen Mund entließen.

„Du schmeckst so gut, ah, Daniel. Ich hatte fast vergessen, wie gut du schmeckst."

Daniels Lippen verschlossen ihren Mund mit einem zärtlichen Kuss. Dann ging er wieder um den Schreibtisch herum und setzte sich auf seinen Stuhl.

„Was machst du jetzt?"

keuchte Nathalie, selbst immer noch erregt, da sie keinen Orgasmus durchlebt hatte, ihre Klitoris jedoch vehement danach verlangte.

„Wenn du das nächste Mal kommst, bist du aber nicht rasiert."

„Daniel, das ist nicht meine Schuld. Deine Beatrice sagte, das müsste sein."

„Für die Untersuchung ja, aber nicht, wenn du zu mir kommst, um gefickt zu werden."

„Daniel, bitte, bitte, mein Kitzler ist schon ganz verrückt nach dir, bitte Daniel."

„So verrückt wie damals, als wir das erste Mal Sex miteinander hatten?"

„Noch mehr, Daniel, noch mehr. Seitdem er weiß, was ein Orgasmus ist, bekommt er nicht genug davon, bitte, Daniel, bitte."

Während sie die letzten Worte hinaus stieß, hatte sich Daniel mit seinem Stuhl dicht an sie heran geschoben, und plötzlich fühlte Nathalie seine Zunge an ihren Schamlippen, während seine Hände ihr Kleid ganz nach oben schoben. Laut stöhnte sie auf und schob ihm ihren Unterleib noch mehr entgegen.

„Ja, Daniel, ja. Leck mich, gib mir deine Zunge, fester, Daniel, bitte, oh!"
Während Daniel seine Zunge zwischen ihre Schamlippen zwängte, ergriffen seine Hände ihre Brüste und massierten sie sanft. Dabei bemerkte er, wie sich ihre Brustwarzen aufrichteten und steif wurden. Er nahm sie zwischen seine Finger und massierte sie heftiger, zwirbelte sie, bis Nathalie leise aufschrie.
„Das tut weh, Daniel, nicht so fest, bitte."
Hart rammte er sein Gesicht in ihre Fotze und umklammerte dabei ihre Unterschenkel und drückte ihre Scham so noch fester in sein Gesicht.

„Dein Geruch, oh, Nathalie, ich hatte vergessen, wie gut deine Fotze riecht."
„Leck mich, bitte, Daniel, lecke mich, ja, so ist es gut, ja, Daniel."
Nathalies ganzer Körper erzitterte.
„Saug meinen Kitzler, bitte, Daniel, fester, ja, ja, so ah, Daniel!"
Nathalies Stimme wurde lauter, sie bebte unter den ersten Ausläufern eines Orgasmus', wie sie ihn noch nie zuvor erlebt hatte. Er begann an der Wurzel ihrer Klitoris, durchwanderte ihren gesamten Körper und explodierte an der Spitze ihres prallen Kitzlers. Gierig saugten Daniels Lippen die kleinen Tropfen, die dabei aus ihrer Klitoris spritzten, auf.
„Du, du,"
keuchte er,
„Du schmeckst so gut, du machst mich wahnsinnig."
Über und über war sein Gesicht mit der Flüssigkeit ihrer weiblichen Genitalien bedeckt, und wieder und wieder tauchte er zwischen ihre Schamlippen, um sich mehr davon zu nehmen. Erst nach und nach beruhigten sich beide Körper.

Als Daniel Nathalie hochhob und sie wieder auf ihre Beine stellte, leckte sie zärtlich sein Gesicht sauber.

„Ich wusste nicht, dass ich so vermisst hatte, Daniel."

„Mir geht es genauso, Nathalie. Als ich dich letzte Woche sah, glaubte ich zu träumen."

„Mir ging es genauso, Daniel. Hast du mich gleich erkannt?"

„Natürlich, Nathalie. So lange ist es ja noch nicht her, dass wir beide uns das letzte Mal sahen."

„Aber da war meine Scham noch mit gekräuselten Härchen bedeckt",

stammelte Nathalie und wurde rot.

Daniel musste laut auflachen.

„Ach, so meinst du das. Glaubst du, ich schaue dir zuerst zwischen die Beine und dann in dein Gesicht?"

„Ja, Daniel. Auf diesem furchtbaren Stuhl kam mir das so vor."

Daniel drückte sie zärtlich an sich.

„Ich weiß, Ihr Frauen hasst ihn, aber für uns Ärzte ist er unersetzlich. Wir benötigen ihn, um Euch genau untersuchen zu können. Dabei sehen wir in Euch nicht eine begehrenswerte Geliebte, sondern eine Patientin."

„Ist das immer so leicht, Daniel?"

Er überlegte einen Moment.

„Bisher ja. Bisher hatte ich nie Probleme damit, selbst, als du vor mir lagst."

„Was ist eigentlich los mit mir?"

Plötzlich erinnerte sich Nathalie, warum sie eigentlich in dieser Praxis war.

„Du hattest eine leichte Unterleibsentzündung. Aber wenn du brav jeden Tag in der Medizin gebadet hast, dann müsste sie eigentlich verschwunden sein."

„Ich habe brav jeden Tag darin gebadet."

Trotzig, wie ein kleines Kind, sah Nathalie zu ihm hoch.

„Dann ist es gut. Aber wissen werde ich es erst nächste Woche, denn ich habe heute einen neuen Abstrich genommen und mal sehen, was dabei herauskommt. Du dürftest bis dahin keinen Geschlechtsverkehr mit deinem Mann haben. Ist das ein Problem für Euch?"

Nathalie schüttelte den Kopf.

„Nein,"

seufzte sie leise.

„Seit wir hier sind, hat er keine Zeit mehr für mich. Selbst morgen muss er den ganzen Tag arbeiten, und ich bin wieder alleine."

„Arme Nathalie,"

versuchte Daniel sie zu trösten, aber sie verstand es falsch.

„Du musst dich jetzt nicht lustig über mich machen",

rief sie zornig aus und wollte sich aus seinen Armen befreien, doch Daniel hielt sie fest.

„Das wollte ich auf keinen Fall, Nathalie, das müsstest du doch wissen. Ich finde es schade, dass Ihr so wenig Zeit füreinander habt. Alles gut, oder?"

Nathalie nickte beschämt. Er hatte ja recht.

„Warum gehst du morgen nicht mit mir segeln? Das Wetter ist herrlich und der See ist sehr ruhig, was nicht oft der Fall ist."

Nathalie dachte für einen kurzen Moment nach, und dann nickte sie.

„Ja, das ist eine wunderbare Idee. Ich werde Martin sagen, dass ich einen alten Bekannten getroffen habe und er mir diesen Vorschlag gemacht hat. Er hat bestimmt nichts dagegen."

„Außerdem stimmt es ja mit dem alten Bekannten",

frotzelte Daniel, und Nathalie errötete.

„Du hast ihm doch nichts von unserer kleinen Liebschaft erzählt, oder?"

„Nein, Daniel, nein, das habe ich nicht. Aber dadurch wurde unser Liebesleben richtig gut, bis jetzt."

„Bestimmt wird es wieder besser, nur nicht verzagen, meine kleine Nathalie."

„Das tue ich ja überhaupt nicht."

Zärtlich schmiegte sich Nathalie an Daniel, bis dieser sie zurück schob.

„Komm, sehen wir mal nach, ob es nächste Woche noch einen freien Termin für dich gibt."

Zusammen gingen sie zu Beatrices Schreibtisch und fanden heraus, dass genau zu der Zeit, wie am heutigen Tage, eine Woche später noch ein freier Termin zur Verfügung stand.

„Dann bist du wieder die letzte Patientin, oder stört es dich?"

„Nein, Daniel, nein, im Gegenteil."

„Wo treffen wir uns morgen und wann?"

Fragend sah Nathalie auf Daniel, der kurz überlegte.

„Am besten treffen wir uns hier vor der Praxis, und dann fahren wir zusammen zum Pier, wo mein Boot liegt. Einen Picknick-Korb bringe ich mit. Ist dir das recht?"

„Gerne, das hört sich fantastisch an, Daniel."

Ein langer, zärtlicher Kuss folgte diesen Worten.

„Ich hoffe, du wirst nicht seekrank, kleine Nathalie", flüsterte er ihr zärtlich ins Ohr.

„Das hoffe ich auch",

flüsterte Nathalie zurück, so leise, als ob sie Angst hätte, jemand könnte sie hören.

Ein kurzer letzter Kuss, dann schob Daniel sie zur Tür.

„Komm, wir gehen. Ich schließe hinter uns ab. Ach ja, so gegen neun Uhr morgen früh, ist dir das recht?"

„Natürlich, Daniel. Ich freue mich."

Keiner der Beiden dachte in dem Moment an das wenige Etwas von Höschen, das neben dem Schreibtisch im Untersuchungszimmer auf dem Boden zurückblieb.

Kapitel 3

Wie von Nathalie vorausgesagt, hatte Daniel das Wochenende schon mit Arbeit verplant.
„Du wusstest, dass ich nicht viel Zeit für dich haben würde, als du mitkamst",
hatte er ihr vorwurfsvoll gesagt, als sie sich bei ihm darüber beschwert hatte, dass sie so viel alleine wäre. Daher war er erleichtert, dass sie ihm keine Szene machte, als er ihr mitteilte, dass er den ganzen Samstag und vielleicht auch Sonntag in der Firma verbringen müsste. Schon früh am Morgen war er zu seiner Arbeit gefahren. Nathalie konnte es kaum erwarten, zu Daniel zu gehen. Unter ihrem leichten Sommerkleid trug sie einen Bikini. Mehr hatte sie nicht dabei, als sie beschwingten Schrittes das Haus verließ, um sich mit Daniel zu treffen.
Vor der Praxis war er nicht zu sehen, und Nathalie wanderte daher ein wenig auf und ab. Sie merkte nicht, dass sie dabei von Beatrice beobachtet wurde, die auf der anderen Seite der Straße vorbeiging.
„Du bist aber pünktlich",
lachte Daniel und umarmte sie herzlich.
„Komm, mein Auto steht in der nächsten Seitenstraße."
Eng umschlungen gingen sie dorthin. Galant öffnete Daniel ihr die Tür und ließ sie einsteigen. Dabei konnte Nathalie nicht verhindern, dass der Rock ihres Kleides hoch rutschte und ihre schönen, schlanken Beine freigab.

„Braves Mädchen,"
ulkte Daniel vergnügt.
„Trägt ein Höschen, so wie der Arzt es geraten hat."

31

Nathalie errötete wie ein junges Mädchen.

„Das ist kein Höschen, das ist ein Bikini",
verteidigte sie sich hilflos und musste mit anhören, wie
Daniel laut auflachte.

„Ach so, na gut, das ist natürlich etwas anderes."

„Ach, Daniel,"
fing Nathalie an zu maulen, doch sie konnte nicht
weiter sprechen, denn schon spürte sie seine Lippen
fordernd auf ihren. Sie konnte nicht anders und
öffnete sie, damit seine Zunge zu ihrer gelangen
konnte. Beide Zungen spielten miteinander, und
Nathalie fühle, wie es feucht zwischen ihren Beinen
wurde.

„Daniel, bitte, du musst aufhören. Wenn uns jemand
sieht!"

„Ist ja gut, dann fahren wir zum Boot."
Die junge Frau, die nur wenige Schritte hinter ihrem
Auto stand und der Szene mit großen Augen
zugesehen hatte, sahen sie wieder nicht. Beatrices
Augen waren voller Tränen, denn sie liebte Daniel
über alles. Als sie bemerkte, dass Daniel und Nathalie
davon fuhren, winkte sie einem Taxi und fuhr ihnen
hinterher.

Daniel und Nathalie waren viel zu sehr mit sich
beschäftigt, um zu sehen, was um sie herum
passierte. Bei Daniels Boot angekommen, holte er
den Picknickkorb aus seinem Kofferraum und brachte
ihn an Bord. Dann half er Nathalie aufs Boot, und
schon kurze Zeit später segelten sie auf den offenen
See hinaus. Wieder konnte Beatrice, die mittlerweile
mit dem Taxi angekommen war, nur zusehen und
weinen. Traurig fuhr sie zurück in die Stadt, um ihre
nötigen Einkäufe zu tätigen und die Reinigung der
Praxisräume zu überwachen. Sie musste stets
anwesend sein, da vor einiger Zeit eine der
Putzfrauen Morphium aus dem Medikamentenschrank

im Untersuchungszimmer gestohlen hatte, um es ihrem abhängigen Freund zu geben.

Daniel war mit dem Boot beschäftigt, und Nathalie lag auf einer Decke. Sie hatte ihr Kleid ausgezogen und trug nur noch ihren knappen Bikini, der ihre wunderbare Figur zur Geltung brachte. Es herrschte kaum Seegang. Nur ganz leicht schaukelte das Boot auf den leichten Wellen.

Nathalie musste eingeschlafen sein, denn als sie erwachte spürte sie, wie etwas Dickes, Großes in ihrer Vagina steckte. Sie wollte sich aufrichten, um nachzusehen, doch Daniel beugte sich über sie und drückte sie wieder hinunter.

„Es ist gut, mein Schatz, es ist gut",
flüsterte er ihr heiser ins Ohr.
„Genieße das Gefühl, lass es zu."

Erst jetzt, da sie richtig wach war, spürte sie einen enormen Dehnungsschmerz in ihrer Scheide. Daniel sah an ihren Augen, dass sie aufbegehren wollte und presste mit aller Macht seine Lippen auf ihren leicht geöffneten Mund. Nathalie begann, sich unter ihm zu winden und sich hin und her zu bewegen, doch er hielt sie fest.

„Es ist alles gut, bitte Nathalie, genieße es."
Fast flehentlich sah er sie an.
„Was ist das in mir? Was hast du in mich gesteckt?"

Aber Daniel antwortete nicht, sondern beugte sich hinunter, um das, was in ihrer Vagina steckte, zu drehen. Nathalie stöhnte laut auf und versuchte, seinen Händen zu entkommen. Doch er hielt sie fest, indem er sich über ihren Bauch kniete, mit dem Rücken zu ihrem Gesicht. Ihre Beine legte er um seinen nackten Körper und hatte so freie Sicht auf ihre wunderschönen, nackten Genitalien.

Dieses Mal war es Daniel, der bei diesem Anblick laut aufstöhnte.

„Du bist so schön, Nathalie",

flüsterte er erregt, beugte sich hinunter und küsste ihre dicken Schamlippen. Wieder stöhnte er laut auf.

„Nathalie, ah, Nathalie, ich mag wie du riechst, wenn du geil bist!"

Dann krallte er seine Hände um ihre Arschbacken, zog sie weit auseinander und vergrub sein Gesicht dazwischen. Mittlerweile aufs äußerste erregt, begann er, den Spalt zwischen ihren Pobacken ausgiebig zu küssen und zu lecken. Wieder versuchte Nathalie, ihm zu entkommen, aber der Griff seiner Hände war zu stark.

Langsam begann sie, Spaß daran zu finden, wie er ihre Genitalien leckte und küsste. Ihre Hände versuchten, an sein Hinterteil zu gelangen, und er hob sich ein wenig von ihrem Körper, um es ihr zu erleichtern.

„Ja, Nathalie, ja, fick mich in den Arsch, ja, Nathalie, ja! Gib mir deine Finger. Ja!"

Laut stöhnte er auf und rutschte ein wenig nach hinten, näher zu ihrem Gesicht, um ihr das Eindringen ihrer Finger in sein dunkles Loch zu erleichtern.

„Nathalie, drück sie rein, bitte Nathalie, bitte, fick mich in meinen Arsch, ja!"

Aber als Nathalie sein verlockendes kleines Loch direkt vor ihrem Mund hatte, konnte sie nicht widerstehen. Sie musste erst mit ihrer flinken Zunge daran spielen, genau so, wie er es in demselben Moment mit seiner Zunge an ihrem dunklen Loch machte.

Laut stöhnten beide dabei auf und spürten, wie ihre Geilheit wuchs. Schnell steckte sich Nathalie ihre Finger in den Mund und befeuchtete sie, damit sie gut in seinen Anus gleiten würden. Von früher wusste sie, dass er es mochte, wenn sie ihm so viele Finger wie möglich in seinen Arsch bohrte. Daniel hatte jedoch nicht damit gerechnet, dass sie gleichzeitig vier der Finger ihrer rechten Hand benutzen würde und bäumte sich kurz auf.

„Nicht so schnell, Nathalie, Liebes, nicht so schnell."
Doch Nathalie ignorierte ihn, genau wie er sie ignoriert hatte, indem er den dicken Gegenstand noch immer in ihrer Scheide beließ.
„Entspann dich, Daniel, bitte entspann dich."
Nathalie benutzte seine Worte, um ihre Finger auf einmal in seine dunkle Höhle zu drücken. In dem Moment, in dem Daniel sich für einen kurzen Moment entspannte, drückte sie alle vier auf einmal durch sein enges Loch. Erst stöhnte er entsetzt auf und wollte dem Druck entfliehen, aber dann fing er an, es zu genießen und stöhnte genießerisch.
„Ja, meine kleine Nathalie, ja. Das ist gut, so will ich es haben. Komm, fick mich."
Doch Nathalie konnte nur ihre vier Finger bewegen, da ihr Daumen sie daran hinderte, tiefer in seinen Arsch zu gelangen. So zog sie die Finger so weit heraus, bis sie ihren Daumen in die Innenhand legen konnte. Chris bekam es nicht mit, denn er war viel zu beschäftigt, seine Zunge über ihr enges Loch auf und ab gleiten zu lassen und sie gierig zu lecken.

Erst als sie versuchte, ganz langsam, sodass er es richtig spüren musste, ihre ganze Hand durch sein enges Arschloch in seinen Hintern zu drücken, wollte er protestieren. Doch Nathalie gab nicht nach und drückte sie mit aller Macht durch die Enge des Loches in ihn hinein.
Daniel bäumte sich auf und schrie für einen kurzen Moment auf. Dann ließ er sich wieder zwischen ihre Arschbacken hinunter und stöhnte leise vor sich hin.

„Das ist gut, Nathalie, das ist gut. Nicht aufhören, Nathalie, ja, mach weiter, oh, Nathalie!"
Er bewegte seinen Körper zu ihr hin und wieder von ihr fort und fickte sich so selbst mit ihrer Hand.
„Schneller, Nathalie, schneller,"
stöhnte er, und Nathalie fühlte auf ihrem Bauch, wie sein Schwanz wuchs und immer dicker wurde. Doch sie wollte nicht, dass er auf sie abspritzte, sondern wollte sein Sperma in ihrem Mund, wollte es schmecken und langsam hinunter schlucken. Sie hielt ihre Hand in ihm ganz ruhig und hoffte so, dass sein Schwanz sich beruhigte.
„Mach weiter, Nathalie, bitte, bitte mach weiter",
stöhnte Daniel mit dem Gesicht an ihrem Hintern.

„Kannst du dich umdrehen, ohne dass meine Hand aus deinem Hintern rutscht?"
„Ich weiß nicht, warum Nathalie? Warum fickst du mich nicht weiter in den Arsch?"
„Ich will, dass ich deinen Schwanz dabei leer saugen kann, Daniel, bitte, ich will dich trinken."
Ganz langsam glitt Daniel von ihrem Gesicht und drehte sich herum, und es klappte. Während ihre Hand in seinem Arsch verweilte, kniete er vor ihrem Gesicht.
„Gib ihn mir, bitte Daniel, steckt ihn mir in den Mund, bitte!"
Kaum hatte sie seine Eichel vor ihrem Mund, fing ihre Zunge an, die kleine Spalte in seiner dick angeschwollenen Eichel nach den ersten Liebestropfen zu erforschen und wurde fündig. Genüsslich leckte sie die schimmernde Flüssigkeit heraus, und ein Lächeln trat auf ihr Gesicht.
„Du schmeckst so gut, Daniel, ah, ich mag, wie Du schmeckst."

Nathalie erkannte, dass es nicht mehr lange dauern würde, bis Daniel abspritzte. Mit ihrer linken Hand umklammerte sie den mächtigen Schaft seines Schwanzes, und ihre Lippen saugten sich an seiner Eichel fest, während ihre rechte Hand sich in seinem Arsch auf und ab bewegte. Immer heftiger wurden die Bewegungen ihrer beiden Hände, die linke, die seinen Schwanz wichste und die rechte, die seinen Po bediente. Vorsichtig nahm sie seine Hoden in ihre Hand und massierte sie leicht, denn sie wusste, wie empfindlich er dort war. Prall gefüllt von seinem Sperma hingen sie herunter und warteten nur darauf, sich endlich entleeren zu dürfen. Immer tiefer stieß Daniel seinen Schwanz in Nathalies Rachen und gerade, als sie seine Eichel ganz tief in ihrem Mund verspürte, ejakulierte sein Penis. Mächtig und hart hatte Daniel ihn in ihren Mund gerammt und ließ ihm nun freien Lauf, während sein ganzer Körper von einem mächtigen Orgasmus durchflutet wurde. Laut schrie er ihn hinaus und konnte sicher sein, dass niemand in der Nähe war, der ihn hören konnte. Nur Nathalie, die sich nicht satt saugen konnte und einfach nicht genug von seinem Sperma bekam, erlebte seinen Orgasmus mit und freute sich, dass es ihr gelungen war, ihn zu befriedigen.

Während sie noch an seiner Eichel saugte, um auch den letzten Rest heraus zu bekommen, presste sie instinktiv ihre Vagina um den kräftigen Gegenstand zusammen, der sich immer noch in ihr befand und spürte auf einmal einen Orgasmus, wie sie ihn schon lange nicht mehr erlebt hatte. Er kam so unerwartet, dass sie erst, als er ihren ganzen Körper durchlaufen hatte, anfing, ihre Lust laut über den See zu schreien. Daniel, der bemerkt hatte, dass sie kurz davor war, hatte seine Hand nach unten gleiten lassen, ihren Kitzler zwischen seine Finger genommen und ihn kräftig massiert. So erlebte Nathalie einen zweiten Orgasmus, der fast noch stärker war, als der erste, den sie soeben erlebt hatte. Wieder schrie sie auf und ließ es zu, dass auch die neue Woge der Lust von ihrem gesamten Körper Besitz ergriff. Die anderen Segelboote, die sich auf dem See befanden, waren glücklicherweise sehr weit entfernt von ihnen und deren Passagiere bekamen so nicht mit, was sich zwischen Nathalie und Daniel abspielte.

Nathalies Hände zitterten genau wie ihre Beine. Daniel, der noch immer über ihr kniete, sah sie lächelnd an.

„Das hat dir gefallen, oder?"

Nathalie konnte nur nicken. Ja, das hatte ihr gefallen, und sie spürte immer noch die Nachwirkungen ihrer Orgasmen. Wohlig schloss sie ihre Augen, doch Daniel hinderte sie daran, wieder einzuschlafen.

„Wie wäre es, junge Dame, wenn du mal deine Hand aus meinem Arsch ziehen würdest? Dann könnte ich auch von dir herunter steigen."

Verschämt lächelnd tat Nathalie, um was er sie gebeten hatte. Ganz vorsichtig und langsam zog sie ihre Finger aus seinem Hintern und wollte aufstehen, um ihre Hand im klaren Wasser des Meeres zu waschen.

„Was ist das in mir? Ziehst Du es bitte heraus?"

Daniel überlegte einen Moment, dann nickte er.

„Gut, aber Du musst ganz entspannt sein."

Nathalie nickte und legte sich vorsichtig wieder auf ihren Rücken.

„Nein, ich glaube es ist besser, wenn du dich hinkniest."

Dieses dicke, kräftige Ding in ihrer Vagina brachte Nathalie dazu, sich ganz vorsichtig zu bewegen. Endlich kniete sie vor Daniel.

„Bück Dich so tief, wie du nur kannst hinunter und streck mir deine Scheide entgegen."

Nathalie tat, was Daniel verlangte. Sie spürte, wie er den Gegenstand langsam aus ihr heraus zog.

„Tief einatmen, ja, so ist es gut."

Nathalie stöhnte und wand sich unter dem immensen Dehnungsgefühl, das sie verspürte, während Daniel sie von dem Dildo in ihr befreite. Endlich war er heraus, und Nathalie drehte sich um. Was sie sah, ließ sie leise aufschreien.

„Das war in mir drin?"

fragte sie fassungslos, während Daniel den Maiskolben ähnlichen Dildo genüsslich sauber leckte.

„Du schmeckst so gut, Nathalie, ah, ich mag es so, wie du schmeckst."

„Und ich mag, wie du schmeckst, Daniel."

Dann ging sie zur Reling und ließ ihre Arme durch das Wasser gleiten. Ruhig lag der See da, und es würde bestimmt nicht verraten, was es gerade beobachtet hatte.

„Ich würde gerne schwimmen gehen, darf ich?"

fragend sah sie Daniel an, in dem sie in diesem Moment den Arzt und nicht ihren Liebhaber sah.

„Ich würde noch eine Woche damit warten, Nathalie. Erst wenn die nächsten Ergebnisse des Abstriches von gestern vorliegen, in Ordnung?"

Nathalie nickte brav.

„Komm, ich creme dich ein."

Unendlich zärtlich wanderten Daniels Hände über Nathalies Körper und ließen auch nicht die kleinste Falte aus. Dann cremte Nathalie Daniel ein, und anschließend lagen sie auf Deck und genossen den wunderschönen Tag.

„Warum bist du damals einfach verschwunden? Warum hast du mir nicht gesagt, dass du gehst? Wir waren doch am Abend in unserem kleinen

39

italienischen Restaurant verabredet? Ich habe dort auf dich gewartet, bis sie mich baten zu gehen, da sie schließen wollten."

Vorwurfsvoll sah Natalie Daniel an.

„Aber ich habe dir doch geschrieben. Immer und immer wieder und angerufen habe ich auch bei Euch zuhause, aber es kamen keine Briefe von dir zurück und am Telefon sagte man mir stets, dass du mich nicht sprechen willst."

Fassungslos sahen sich beide an.

Daniel konnte sich noch gut an den Tag erinnern, an dem sie sich zum letzten Mal gesehen hatten. Er hatte seinen Abschluss mit Auszeichnung geschafft und hatte eigentlich vor, als Assistenzarzt in der dortigen Klinik anzufangen. Es war außerdem der letzte Schultag für dieses Semester und Nathalie sollte die Ferien bei ihren Eltern an der Nordsee verbringen. Sie waren beide aufgeregt und freuten sich auf ihren letzten Abend zusammen. Doch alles kam anders. Kaum dass Daniel sein Zeugnis überreicht bekommen hatte, traten einige Professoren auf ihn zu und teilten ihm stolz mit, dass er statt in der kleinen Klinik vor Ort sofort an einer großen, renommierten Klinik ganz im Süden von Deutschland aufgenommen worden war und er sofort anfangen konnte.

„Das ist die Chance Ihres Lebens",
teilte ihm sein Doktorvater mit.

„Packen Sie Ihre Sachen und gegen drei Uhr fahren wir los."

Daniel war überrumpelt und überwältigt von dem Angebot. So eine Chance bekam man nicht oft und er wusste, er musste sie wahrnehmen. Verzweifelt versuchte er, Nathalie zu erreichen, um ihr die guten Neuigkeiten mitzuteilen, aber es war vergebens. So fuhr er an diesem Nachmittag los und wusste nicht, dass er Nathalie für lange Zeit nicht mehr sehen würde.

Nathalie hingegen wartete umsonst auf den Mann, in den sie sich verliebt hatte. Als er auch am nächsten Tag nichts von sich hören ließ und die Klinik, in der er eigentlich anfangen sollte, ihr auch nichts sagen konnte, fuhr sie zu ihren Eltern und hoffte, dass er ihr wenigstens einen Brief schreiben und alles erklären würde. Aber sie erhielt nie einen Brief und es dauerte lange, bis sie darüber hinweg war.

Nathalie hatte keine Ahnung, dass ihre Eltern dahinter steckten. Sie befürchteten, dass ihre einzige Tochter einen Arzt heiraten würde und somit das Firmenunternehmen, das der Vater mühsam aufgebaut hatte, nicht weitergeführt würde. Sie fingen alle Anrufe Daniels ab und auch seine Briefe. Daher hatte Nathalie keine Ahnung, wo er sich befand. Ihre Eltern waren es auch, die sie mit Martin bekannt machten. Er studierte an derselben Universität wie sie selbst, doch sie hatte ihn nie bemerkt, da sie nur Augen für Daniel hatte. Außerdem war er schon einige Semester weiter, als sie selbst. Mit der Zeit ließ der Schmerz über Daniel nach und sie begann sich für Martin zu interessieren. Aus anfänglichem Interesse wurde langsam eine tiefe Liebe, da Martin sie mit einer Hingabe umwarb, die sie so noch nie erlebt hatte. Nachdem Martin sein Examen in der Tasche hatte, fing er in der Firma ihres Vaters an zu arbeiten und als Nathalie ebenfalls ihr Studium beendet hatte, heirateten sie. Zwar dachte Nathalie ab und zu noch an Daniel, aber diese Momente wurden immer seltener. Und nun war sie hier zusammen mit ihm auf seinem Boot und er war ihr so vertraut, als ob sie sich nie getrennt hätten.

Erst als eine kleine Brise aufkam, stand Daniel auf und bediente das Steuerrad des Bootes. Sein Blick ging zu Nathalie, die auf dem Vordeck lag und die Sonne genoss. Ihre Beine hatte sie aufgestellt und war vollkommen entspannt. Daniel dachte an die erste Zeit ihres Kennenlernens. Wie verschämt sie gewesen war und wie sie sich geziert hatte, ihm ihre Nacktheit zu zeigen. Und nun lag sie ungezwungen vor seinen Augen und bemerkte überhaupt nicht, dass sie sich ihm ganz darbot und ihm so jede Stelle ihres nackten Körpers freiwillig zeigte. Er bückte sich, um seine Shorts aufzuheben, aber Nathalie hinderte ihn sofort daran.

„Ich mag es, dich nackt zu sehen. Bitte, ziehe sie nicht an."

Daniel lächelte sie zärtlich an und band das Steuer wieder fest.

„Komm, lass uns etwas essen. Ich sterbe vor Hunger."

„Hunger nach was, nach mir?"

„Ja, Nathalie, nach dir auch. Aber bevor ich hier zusammenbreche, muss ich etwas Richtiges essen."

Gemeinsam öffneten sie den Picknickkorb, den Daniel mit an Bord gebracht hatte.

„Hm, sag nur, das hast du alles eingepackt?"

„Nein, Nathalie, nein. Das war Nancy, meine Haushälterin. Sie ist so eine gute Seele."

Gemeinsam aßen sie die Snacks und belegten Brote, die sie in dem Korb vorfanden und genossen den wunderschönen Sonnentag.

Nathalie liebte es, Daniels nackten Körper zu beobachten, wenn er an den Segeln hantierte oder das Steuer bediente. Er war groß und muskulös, kein Gramm Fett verunstaltete ihn. Selbst an seinen kräftigen Beinen konnte man die Muskeln beobachten, wenn er sich bewegte. Wenn er sich etwas seitlich drehte, konnte sie seine Silhouette betrachten und seinen Schwanz, der selbst jetzt etwas von seinem Körper ab stand. Leise stöhnte Nathalie auf.

„Was ist los? Was ist mit dir?"
Sofort war Daniel an ihrer Seite und streichelte sie sanft.
„Ich habe dich gerade beobachtet und festgestellt, dass du mir sehr gut gefällst, sehr gut sogar."
Bei diesen Worten hatte sich Nathalie ganz eng an Daniel geschmiegt und zu ihm aufgesehen, direkt in seine Augen.
„Wenn du so weiter machst, dann kann ich für nichts garantieren",
flüsterte ihr Daniel ins Ohr.
Ihre Hände wanderten langsam über seinen Bauch nach unten und verfingen sich an seinen krausen Schamhaaren. Aber sie verweilten nur kurz, denn der Penis, der sich dazwischen befand, regte sich und fing an zu wachsen. Staunend sah Nathalie auf ihn herab und wunderte sich, wie groß er in einer so kurzen Zeit wurde. Zärtlich streichelte sie über seine Eichel und über die Stelle, die die Vorhaut mit ihr verband. Daniel stöhnte laut auf und drückte Nathalie nach hinten.
„Du machst mich verrückt",
flüsterte er in ihr Ohr und küsste sie hart. Seine rechte Hand massierte ihre Brüste und zwirbelte leicht an ihren Brustwarzen, bis Nathalie ihm in den Mund stöhnte.
„Au, nicht so fest, bitte, Daniel, bitte geh ein wenig zarter mit mir um."
„Willst du das wirklich",
stöhnte Daniel auf.
„Willst du wirklich, dass ich zart bin?"
„Ja, dieses Mal, ja."

Ganz vorsichtig glitten Daniels Hände über ihren Rücken und streichelten ihre Pobacken, während

seine Lippen zart an ihren Brüsten knabberten.
Wieder stöhnte Nathalie auf.
„Das ist gut, ja, Daniel, gut, mh!"
Dann drehte er sie auf den Bauch und zog ihre Beine auseinander.
„Knie dich bitte hin",
keuchte er, „ bitte Nathalie, knie dich vor mich."
Langsam zog sie ihre Beine an und kniete sich vor seinen Körper, so wie er es wollte. Daniel stöhnte laut auf bei ihrem Anblick und fing zärtlich an, ihre Arschbacken mit seinen großen Händen zu massieren. Dann verstärkte er den Druck und zog sie auf einmal weit auseinander.
„Du bist so schön, Nathalie, Dein Körper ist so schön", sein Stöhnen ging unter in dem Kuss, den er ihr auf den runzligen Verschluss ihres Arsches presste. Heftig rieb er seinen Kopf zwischen ihren Pobacken und verstärkte seinen Griff, bis Nathalie wieder aufstöhnte.
„Ist ja schon gut, meine liebe Nathalie, ist ja schon gut. Du machst mich einfach wahnsinnig."
„Du mich auch, Daniel, bitte, mein Kitzler ist schon ganz heiß, spiel ein wenig mit ihm."

Daniel griff zwischen ihren Beinen hindurch nach vorne und fand ihren Kitzler am oberen Ende ihrer Schamlippen. Er spürte, wie dieser klopfte und förmlich nach Erfüllung schrie. Auch Nathalies Stöhnen verriet ihm, wie erregt sie war.
„Massiere ihn, bitte, Daniel, bitte gib mir einen Orgasmus."
„So schnell?"
„Ja, Daniel, ich halte es kaum noch aus."
Gerne hätte Daniel sie in ihren Arsch gefickt, denn auch er war stark erregt. Mit geübten Händen drehte er Nathalie auf den Rücken und kniete sich selbst über ihr Gesicht. Sofort griff sie nach seinem harten

Schwanz und drückte ihn tief in ihren Mund und begann sofort daran zu saugen.

„Nathalie, oh, Nathalie,"
stöhnte Daniel und presste seinen Kopf zwischen ihre Genitalien. Erregt atmete er ihren Duft ein und nahm ihre Klitoris zwischen seine Lippen. Heftig saugte er daran, und es dauerte nicht lange, und Nathalie kam. Sie bäumte ihren Unterkörper auf und presste sein Gesicht so noch härter in ihre Scham. Als sie anfing, ihren Orgasmus laut heraus zu schreien, kam auch Daniel und spritzte sein Sperma in ihren Mund. Gurgelnd nahm sie es auf, schluckte alles genussvoll hinunter und kam langsam zur Ruhe.

Sie blieben noch einige Zeit in dieser Stellung liegen. Daniel mit seinem Hintern vor Nathalies Gesicht und Daniel mit seinem Gesicht vor ihrer Scham. Immer wieder streichelte Nathalie seine strammen Pobacken, die so gut zu seinem Körper passten, und immer wieder leckte Daniels Zunge zwischen ihren Schamlippen.

„Lass es nicht mehr zu, dass man dich dort rasiert, Nathalie. Hörst du?"

„Aber das war doch Beatrice, ich wollte es doch überhaupt nicht."

„Ich weiß doch Nathalie, ich weiß. Deine Schamlippen sind voller Stoppeln, und ich liebe deine wilden Härchen dort. Du musst mir versprechen, sie nie mehr zu rasieren."

„Warum sagst du es mir? Sag es lieber Beatrice."

„Bei deinem nächsten Besuch musst Du nicht mehr auf den gynäkologischen Stuhl, denn du musst dir nur das Ergebnis des neuen Abstriches abholen."

„Werde ich dich dann nicht sehen?"

„Doch, doch, mein Liebes, du musst zu mir ins Sprechzimmer, aber du musst nicht auf den Stuhl."

„Das ist gut, ich hasse ihn."

„Da bist du nicht die Einzige, meine liebe Nathalie. Kaum eine Frau mag es, sich so zu präsentieren."

Erst nach einer ganzen Weile konnte er sich von dem Anblick und dem Geruch ihrer Scham trennen. Daniel drehte sich herum, und Nathalie kuschelte sich in seinen Arm. So blieben sie liegen, bis der Stand der Sonne anzeigte, dass es Zeit war, die Segel zu setzen und umzukehren. Zärtlich küssten sie sich, nachdem das Boot am Pier verstaut war, und es dauerte lange, bis sie sich voneinander trennten.

Als Nathalie zuhause ankam, war ihr Mann noch nicht da und sie war froh darüber. Niemals hätte sie ihn belügen können und sie hatte plötzlich ein furchtbar schlechtes Gewissen.

‚Er darf es niemals erfahren, '

dachte sie erschrocken. Er, der so gut zu ihr war und der sie wirklich liebte, hatte es nicht verdient, dass sie ihn hinterging und betrog. In diesem Moment wusste Nathalie, dass sie Daniel nie mehr außerhalb seines Sprechzimmers treffen würde. Sie erkannte, wie sehr sie ihren stillen, ruhigen Martin liebte. Ihm konnte sie vertrauen und er würde sie bestimmt nicht einfach verlassen, so wie Daniel es getan hatte.

Kapitel 4

Beatrice, die zugesehen hatte wie Daniel und Nathalie davon gesegelt waren, musste sich beeilen, um zur Praxis zu kommen. Wie immer am Samstag, beaufsichtigte sie für zwei Stunden die Putzfrau, die in dieser Zeit die Praxis gründlich säuberte. Mit Tränen in den Augen hatte sie die Tür aufgeschlossen und sich hinter den Empfang gesetzt. Normalerweise erledigte sie während dieser Zeit liegengebliebene Arbeit, doch heute konnte sie sich nicht darauf konzentrieren. Immer wieder hatte sie den Anblick von Daniel und Nathalie vor ihren Augen, und jedes Mal flossen dabei ein paar Tränen.

Sie liebte Daniel, aber sie hatte einfach noch nicht den Mut aufgebracht, es ihm zu zeigen.

„Ich habe etwas gefunden."

Die Stimme der Putzfrau riss Beatrice aus ihren traurigen Gedanken. In der Hand hielt sie das luftige Höschen von Nathalie, die es im Behandlungszimmer vergessen hatte.

„Es lag neben dem Schreibtisch vom Doktor."

Diese Worte versetzten Beatrices Herz einen tiefen Stich. Natürlich hatte sie das winzige Etwas von einem Höschen erkannt. Es gehörte einer Patientin, und diese Patientin war Nathalie.

‚Was machte dieses Höschen neben dem Schreibtisch von Daniel?'

Am liebsten hätte Beatrice sofort wieder geweint, aber vor der Putzfrau musste sie sich zusammen reißen. Sie stand auf und entnahm aus einem der Schränke hinter ihrem Schreibtisch eine kleine Plastiktüte.

„Stecken Sie es bitte hinein. Ich weiß, welcher Patientin es gehört, und ich werde es ihr bei ihrem nächsten Besuch wieder geben."

Kopfschüttelnd tat die Putzfrau, was Beatrice ihr gesagt hatte. Seit vielen Jahren putzte sie schon diese Praxis, aber eine liegengebliebene Unterhose hatte sie noch nie gefunden.

‚Ob sie es im Sprechstundenzimmer miteinander getrieben hatten? Wer war diese Nathalie?'

In Beatrices Kopf rasten die Gedanken.

Ihr Chef legte stets großen Wert auf Abstand zu seinen Patientinnen, und soweit sich Beatrice erinnern konnte, hatte er keine von ihnen zuvor geduzt. Bei Nathalie tat er es so selbstverständlich, als ob sie sich schon sehr lange kennen würden.

‚Ob sie seine Freundin ist?'

dachte sie, und ein scharfer Schmerz fuhr durch ihren Körper. Schnell nahm sie Nathalies Akte und sah, dass sie ‚verheiratet' angekreuzt hatte.

‚Was verband die Beiden?'

Beatrice litt und konnte und durfte es nicht zeigen.

„Ich bin fertig, Fräulein Beatrice. Haben Sie sonst noch etwas für mich? Übrigens, was war denn in dem Behandlungszimmer los? Der ganze Schreibtisch war durcheinander und die Schreibtischplatte klebte."

Wieder war es, als ob ein Messer durch Beatrices Körper jagen würde. Sie schüttelte den Kopf.

„Keine Ahnung, ich weiß es nicht. Haben Sie es in Ordnung gebracht?"

„Selbstverständlich, Fräulein Beatrice, also dann bis Montag. Ich wünsche Ihnen ein schönes Wochenende."

„Danke, das wünsche ich Ihnen auch."

Nachdem die Putzfrau gegangen war, ging Beatrice ins Behandlungszimmer und stand lange vor dem Schreibtisch des Mannes, den sie so sehr liebte. Die Putzfrau hatte wirklich gute Arbeit geleistet und man konnte nicht mehr erkennen, was sich hier am Tag zuvor abgespielt hatte. Beatrice fing an sich vorzustellen, wie Daniel und Nathalie sich auf dem Schreibtisch geliebt hatten, verwarf diesen Gedanken aber sofort wieder, er schien ihr zu absurd. Traurig nahm sie ihre Tasche, verschloss cie Praxis und machte sich auf den Weg nach Hause. Sie besaß eine kleine Wohnung nur eine Straße entfernt, in der sie sich sehr wohl fühlte. Wie oft hatte sie davon geträumt, dass eines Tages Daniel sie dort besuchen würde. Sie in die Arme nehmen würde und sie ganz innig küsste. Diesen Traum musste sie wohl vergessen, denn er schien eine Andere zu lieben.

Langsam zog sie sich aus und begab sich unter die Dusche. Sie genoss das warme Wasser, das langsam über ihren Körper lief. Zärtlich strichen ihre Hände über ihre festen Brüste und massierten leicht die Brustwarzen, die steif und hart von der weichen Haut abstanden. Jeder Gedanke an Daniel erzeugte in Beatrice eine Welle der Lust und Zärtlichkeit. Wie gerne hätte sie ihn in den Armen gehalten und geküsst, ihre Lippen über seinen gesamten Körper gleiten lassen und seinen Penis mit ihren Lippen verwöhnt.

Erschrocken bei dem Gedanken und über das mittlerweile kalte Wasser aus der Dusche, trocknete sie sich schnell ab und legte sich auf ihr Bett. Ihr Körper war erregt. Der Gedanke an Daniel ließ ihr keine Ruhe. Sie musste nur ihre Augen schließen, und schon stand er vor ihr und lächelte sie an.

Fast unbewusst wanderten ihre Finger über ihren Körper, und sie stellte sich vor, dass es die Finger von Daniel wären, die sie zärtlich streichelten. Lange massierte sie ihre beiden Brüste und spreizte dabei etwas ihre schlanken, wohlgeformten Beine. Jeder Mann, der sie so auffinden würde, hätte sich nicht mehr zurückhalten können. Aber Beatrice wollte nicht jeden Mann, sie wollte Daniel. Gerade stellte sie sich vor, dass er vor ihrem Bett stehen würde. Erregt zog sie ihre Beine an und stellte sie neben sich, so breitbeinig, wie es ihr Körper erlaubte.

‚Er schaut mich an, '
träumte sie, und eine nie geahnte Erregung ergriff Besitz von ihrem Körper. Die Bewegungen ihrer Hände wurden hastiger, als sie sich auf ihre Scham zu bewegten. Zärtlich umfassten ihre Finger die Klitoris, die ein wenig zwischen ihren äußeren Schamlippen hervor lugte, und massierten sie leicht.

„Ja, das ist gut, das ist es, was ich brauche."
Beatrice hatte diese Worte laut heraus gestöhnt, so, als ob Daniel derjenige wäre, dessen Finger sich um ihren Kitzler gelegt hatten.

„Ja, fester, ja, ein wenig schneller, ja, das ist gut",
stammelte sie, während ihre Finger ihre Klitoris immer heftiger massierten. Die andere Hand lag auf ihren Brüsten und massierte sie abwechselnd. Beatrice war so erregt, dass es nicht mehr lange dauerte, und ihr Kitzler ihr den ersehnten Orgasmus bereitete. Wohlig genoss sie das Gefühl, das ihren Körper durchlief und alle Nerven in Verzückung brachte. Ihre Lust laut heraus zu schreien hatte sie sich abgewöhnt, denn das Haus, in dem sie wohnte, war extrem hellhörig.

Nachdem sie den Orgasmus durchlebt hatte, nahm sie die Finger, die eben noch den Kitzler massierten, und leckte sie genüsslich ab. Sie liebte ihren eigenen Geschmack, doch den Geschmack von frischem Sperma liebte sie noch mehr. Und schon waren ihre Gedanken wieder bei Daniel.

‚Was er jetzt wohl machte? Ob er gerade jetzt auf seinem Segelboot sein Sperma in Nathalie spritzte? Ob er sie küsste?'
Das wohlige Gefühl, das sie eben noch verspürt hatte, verebbte, und der Schmerz nahm erneut überhand.

Sie entschloss sich, zum Hafen zu spazieren. Etwas, das sie sich nicht erklären konnte, trieb sie dorthin. Schnell stand sie auf und zog sich an. Draußen empfing sie die heiße Luft, die der Wind durch den Ort trieb. Aber sie war daran gewöhnt, denn sie war hier geboren und war auch hier aufgewachsen. Ein anderes, fremdes Land hatte sie mit ihren 23 Jahren noch nicht besuchen können. Dazu fehlte ihr das nötige Geld. Doch sie träumte davon, einmal eine richtige Weltreise zu unternehmen, um andere Länder und andere Gebräuche kennen zu lernen. Bei diesen Träumen war stets Daniel an ihrer Seite und beschützte sie vor möglichen Gefahren.

Beatrice wanderte entlang der kleinen Geschäfte, die die Straße säumten, doch sie sah in keines der Schaufenster. Es kam ihr vor wie eine Ewigkeit, bis sie endlich die Piers erreicht hatte, an denen die Segelboote lagen. Die meisten waren wohl draußen auf dem See, nur ein paar waren noch im Hafen geblieben. Weit draußen konnte Beatrice Segel erkennen und wünschte sich, sie wäre dort auf dem Boot mit dem Mann, den sie so innig liebte und nicht diese Fremde, die ihr Daniel wegnahm.
Wieder überfiel sie eine tiefe Traurigkeit. Nach einer Weile stellte sie fest, dass sie noch nichts gegessen hatte, und dem Duft von frisch zubereitetem Fisch konnte sie nicht widerstehen.
Es gab viele Restaurants entlang der Piers, und Beatrice entschloss sich, trotz ihres innerlichen Schmerzes, etwas zu essen. Sie setzte sich an ein Fenster, von dem aus sie die Piers beobachten konnte. Der Fisch, den sie bestellt hatte, schmeckte vorzüglich, doch er änderte nichts an ihrer traurigen Stimmung.
„Das ist von dem Herrn an Tisch sieben",

schreckte sie der Kellner aus ihren Gedanken und stellte ein Glas frisch gepressten Orangensaft auf ihren Tisch.

„Nein, danke. Nehmen Sie bitte das Glas wieder mit." Empört sah Beatrice den Kellner an, der sich sofort umdrehte und das Glas wieder mit nahm.

‚Was bildete sich dieser Kerl von Tisch sieben ein? Ihr einfach ein Glas Orangensaft zu spendieren.'

Beatrice drehte sich etwas herum, um zu sehen, wer dieser Herr war, und musste erschreckt feststellen, dass er nicht sehr nett aussah. Sein Gesicht hatte etwas herbes, brutales, das ihr nicht gefiel und große Angst einjagte. Er besaß glänzende dunkle Haare und dunkle Augen, die sie seltsam traurig anlächelten. Sie schätzte ihn auf Mitte dreißig. Schon tat es ihr fast leid, so abrupt und abweisend reagiert zu haben, aber konnte sie einem Fremden trauen? Beatrice wusste nicht, wie sie sich weiter verhalten sollte und war froh, als der Fremde den Kellner zu sich rief und bezahlte. Kurze Zeit später verließ er das Lokal und sah sie beim Hinausgehen traurig an. Beatrice wurde wütend.

‚Was bildete dieser Mensch sich ein? Nur weil sie seinen Orangensaft nicht haben wollte, spielte er jetzt den Traurigen und belastete sie mit Schuldgefühlen.'

Beatrice nahm sich vor, ihn auf der Stelle zu vergessen, was aber gar nicht so leicht war.

‚Was wäre, wenn er ihr hinter einem der Häuser, an denen sie entlang gehen musste, auf sie wartete, um ihr etwas anzutun?'

Wieder schimpfte Beatrice mit sich und nannte sich selbst eine Närrin. So etwas sah man im Fernsehen, aber einem selbst passierte das doch nicht. Aber ein beunruhigtes Gefühl blieb in ihr zurück. Seine dunklen Augen hatten zwar etwas sehr trauriges, aber sein Aussehen hatte Beatrice auch erschreckt.

Mittlerweile war es später Nachmittag, und die Kapitäne der Segelboote beeilten sich, in den sicheren Hafen zurück zu kommen. Eines der letzten, die an den Kai anlegten, war das Boot von Daniel. Mit traurigen Augen beobachtete Beatrice, wie er zärtlich und höflich Nathalie half, aus dem Boot auszusteigen. Mit den kundigen Augen einer Frau bemerkte sie außerdem, dass Nathalie unter ihrem Kleid keine Unterwäsche trug. Eng umschlungen küsste Daniel Nathalie und sah sie zärtlich an. Feine Stiche in ihr Herz zeigten Beatrice, wie eifersüchtig sie auf diese fremde Frau war. Dieser Kuss schien kein Ende nehmen zu wollen.

„Wünschen Sie noch etwas?"

Der Kellner riss Beatrice aus ihren Gedanken.

„Nein, nein danke. Bitte bringen Sie mir die Rechnung."

Als sie sich wieder umdrehte, waren Daniel und Nathalie verschwunden. Verzweifelt suchte Beatrice nach ihnen, aber sie konnte sie nicht mehr finden. Es blieb ihr nichts anderes übrig, als den langen Weg nach Hause zu gehen.

Erst als sie die Hauptstraße erreicht hatte, bemerkte sie, dass ihr jemand folgte. Es war der Mann aus dem Lokal. Doch immer, wenn sie sich umdrehte, blieb er stehen und tat, als ob er die Schaufensterauslagen betrachtete.

So schnell sie konnte lief Beatrice auf die Innenstadt zu, um in den Menschentrauben unterzutauchen. Aber selbst da wurde sie ihre Angst nicht los. Zwar sah sie den unheimlichen Fremden nicht mehr, aber das hatte nichts zu bedeuten. Beatrice wusste nicht, dass er längst die Straßenseite gewechselt hatte und sie von dort aus beobachtete. Immer wieder sah Beatrice zurück und wurde langsam ruhiger. Er schien nicht mehr hinter ihr her zu sein. Sie war erleichtert, als sie endlich in ihrer kleinen Wohnung ankam. Doch die

Gedanken an Daniel und Nathalie schmerzten tief. Sie blieb das ganze Wochenende in der Ungewissheit, ob die Beiden zusammen waren oder ob jeder in seine Wohnung gegangen war. Beatrices Eifersucht auf Nathalie stieg ins Unermessliche.

Als sie am Sonntagmorgen aufwachte, dachte sie zuerst an Daniel und, ob sie wollte oder nicht, auch an Nathalie.

,Ob die Beiden das ganze Wochenende miteinander verbrachten? Ob sie wohl gerade erwachten und sich in den Armen lagen und sich küssten?'

Beatrice marterte sich selbst bei diesen Gedanken.

Nachdem sie geduscht hatte, nahm sie sich vor, einen langen Spaziergang zu machen und das schöne Wetter zu genießen. Die engen Shorts, die sie trug, betonten ihren knackigen Hintern und ihre wunderschönen, leicht gebräunten Beine. Sie hatte sich vorgenommen, zum Strand zu gehen und eventuell im See zu schwimmen. Dafür hatte sie alles in ihrer großen Standtasche verstaut.

Während Beatrice sich fertig machte, um zum Strand zu gehen, erwachten Nathalie und Martin. Am Abend zuvor, als Nathalie nach Hause kam, war Martin immer noch auf der Arbeit. Erst spät in der Nacht war er nach Hause gekommen. Nachdem er sich geduscht hatte, ging er sofort zu Bett und war gleich darauf eingeschlafen. Nathalie wollte ihm eine Freude machen und bereitete ein Frühstück, das er besonders liebte.

„Musst du heute wieder in die Firma oder hast du endlich einmal Zeit für mich?"

neckte sie ihn, als er noch halb verschlafen und gähnend am Frühstückstisch erschien.

„Heute bleibe ich bei dir, meine Liebe."

„Und wie kommst du voran?"

„Weißt du, Nathalie, ich glaube immer, ihn schon fast zu haben, und dann ist er mir gleich wieder einen Schritt voraus. Er unterschlägt immer wieder größere Beträge in unregelmäßigen Abständen. Jetzt zum Beispiel hat er seit zwei Wochen keine Veruntreuungen mehr vorgenommen. Wenn ich doch nur einen Verbündeten in der Firma hätte, den ich ausfragen könnte. Vielleicht wäre dann alles einfacher. Aber was soll's, ich werde ihn erwischen, das verspreche ich dir."

Nathalie, die durch die erfüllenden Erlebnisse am gestrigen Tage ausgeglichen und zufrieden war, tätschelte zart die Arme ihres Mannes.

„Ich weiß, Martin, und wenn einer es schafft, dann bist du es."

Voller Vertrauen sah sie ihn an, und Martin war glücklich.

„Was machen wir heute? Hast du Lust, irgendwo hin zu gehen, oder hast du schon etwas vor?"

Fragend sah Martin auf seine Frau, die er nie schöner gefunden hatte, als heute Morgen.

„Nur bei dir sein, das ist alles, was ich will, Martin."

Mit einem zärtlichen Blick sah Nathalie auf ihren Mann und wusste in diesem Augenblick, dass sie ihn nie verlassen würde. Das Abenteuer mit Daniel reizte sie, aber ihr Platz war bei Martin.

„Ich würde gerne einfach mal nichts tun, oder?"

damit griff er nach seiner Frau und sah sie an, als ob er sie nackt ausziehen wollte, doch Nathalie entzog sich ihm.

„Der Doktor hat gesagt noch eine Woche warten, Martin."

„Na, und? Es gibt doch verschiedene Wege, um zum Ziel zu gelangen, meine schöne Gemahlin."

Damit hob Martin seine Frau hoch und trug sie ins Schlafzimmer. Vorsichtig legte er sie auf das gemeinsame Ehebett und zog ihr ganz langsam das durchsichtige Negligee, das sie zum Frühstück getragen hatte, über den Kopf. Sein Schwanz wuchs beständig in seinen Shorts, die er mit einem Ruck hinunterzog und mit seinen Füßen quer durch das Schlafzimmer beförderte. Nathalie sah ihm gebannt zu und wie immer, wenn er kurz davor war, mit ihr Sex zu haben, überlief ein wohliger Schauer ihren ganzen Körper.

Willig ließ sie es zu, dass er sie zart küsste und mit seiner Zunge langsam über ihren Hals leckte, um an der rechten Brustwarze etwas zu verweilen und sie ausgiebig zu lecken. Dabei sah er ihr unentwegt in die Augen und machte sie so nur noch heißer auf ihn.

„Saug an ihnen, Martin, ja, saug an meinen Brustwarzen, nimm die Nippel zwischen deine Lippen, bitte, Martin."

Nathalie liebte es, wenn er ihre Nippel in den Mund nahm und gierig daran saugte, auch, wenn er manchmal ein wenig zu heftig und zu gierig war. Der kleine Schmerz, den er ihr dabei verursachte, schürte ihre Wollust.

„Gib mir deinen Schwanz, Martin, ich will ihn schmecken."

Wie von Nathalie gewünscht, drehte sich Martin herum, kniete sich über ihr Gesicht und gab ihr seinen Penis, den sie sofort gierig in ihren Mund nahm um heftig an seiner Eichel zu saugen.

„Langsam, Nathalie, nicht so fest, Nathalie, bitte."

Aber es war zu spät. Martin hatte fast eine Woche keinen Sex mehr gehabt und konnte nicht verhindern, dass sein Penis, sowie er die Lippen und die Zunge von Nathalie spürte, heftig in ihren Mund abspritzte.

„Besser als jedes Frühstück,"

flüsterte sie zärtlich. Martin drehte sich zu ihr und versenkte seine Zunge tief in ihrem Mund und ließ Nathalie mit ihr spielen, bis sie sie hinaus drückte.

„Ich liebe dich, Martin, ich liebe dich wirklich."

„Ich dich auch, mein Schatz, ach, Nathalie, ich liebe dich noch mehr."

Dann drehte er sich wieder um zu ihrer Scham und wollte ihre Klitoris zwischen seine Finger nehmen, um auch Nathalie einen Orgasmus zu bereiten. Aber sie schlug ihre Beine übereinander und zog ihn zurück.

„Nein, Martin, heute nicht. Heute wollte ich nur, dass es dir gut geht."

Verwundert sah Martin auf seine Frau, die glücklich lächelnd in den Kissen lag. Sie streckte die Arme nach ihm aus und zog ihn zu sich hinunter.

„Manches Mal ist das genug für eine Frau, einfach nur mit dem Mann zusammen zu sein, den sie über alles liebt. Kannst du das bitte verstehen?"

Nein, Martin verstand es nicht, aber er musste ja auch nicht alles verstehen. Es gab schon Zeiten, da er sich über die Gedankengänge seiner Frau wunderte. Die Hauptsache für ihn war, dass sie sich beide liebten und zusammen waren.

Den Rest des Tages verbrachten sie mit gemeinsamen Gesprächen und Faulenzen und waren einfach nur glücklich.

‚Er darf die Sache mit Daniel nie erfahren, '
dachte Nathalie etwas beklommen, aber sie war sich sicher, dass er es auch nie erfahren würde. Von wem auch?

Während Martin und Nathalie es sich zuhause gemütlich gemacht hatten, war Beatrice auf dem Weg zum Strand. Immer wieder dachte sie an den gestrigen Tag und an Daniel und Nathalie. Der Stachel der Eifersucht saß tief in ihr und stieß bei jedem Schritt, den sie tat, in ihr Herz. Wieder traten Tränen in ihre Augen, und sie ließ ihnen freien Lauf. Hier draußen kannte sie keiner, und es war ihr egal, was die Leute von ihr dachten. Das schöne Wetter nutzten auch andere Badegäste, und der Strand war voll von fröhlichen und glücklichen Menschen.

Beatrice breitete ihr Badetuch etwas entfernt von den anderen aus und nahm sich vor, den ganzen Tag zu bleiben. Die Entspannung tat ihr gut.

Plötzlich fiel ein Schatten auf sie. Als sie aufblickte, konnte sie denjenigen, der genau vor ihr stand, zuerst nicht erkennen, denn sie musste genau in die Sonne sehen. Erst als er sich etwas bewegte, erkannte sie ihn. Es war der fremde Mann aus dem Lokal, der sie gestern verfolgt hatte.

„Was wollen Sie von mir?"

rief Beatrice laut, damit die anderen Strandgäste es hören sollten. Doch niemand reagierte.

„Was wollen Sie von mir? Gehen Sie weg!"

„Sie sind sehr schön, und Sie gefallen mir. Sie sind für mich eine der schönsten Frauen des Universums."

Bei diesen Worten setzte sich der Fremde in den Sand neben Beatrices Badetuch.

„Bitte, bitte, gehen Sie. Bitte, lassen Sie mich in Ruhe!"

Flehentlich sah Beatrice auf den Mann, der neben ihr saß und sie mit seinen dunklen Augen nachdenklich ansah. Jetzt, da er so nah bei ihr saß, bekam sie noch mehr Angst vor ihm.

„Warum? Warum schicken Sie mich fort? Ich tue Ihnen doch nichts. Ich möchte Sie nur ansehen, denn für mich sind Sie eine der schönsten Frauen auf der ganzen Welt."

„Wenn Sie nicht gehen, schreie ich um Hilfe."

Aber auch diese Worte halfen nichts, er blieb einfach sitzen und starrte sie weiter an.

„Sie sollen gehen, gehen Sie doch endlich!"

schrie Beatrice nun so laut sie konnte und versuchte, vor dem Mann zu fliehen. Endlich bemerkten auch die anderen Besucher des Strandes, dass etwas nicht stimmte und kamen Beatrice zu Hilfe.

„Was ist los?"
riefen einige durcheinander.
„Können wir Ihnen helfen?"
Beatrice nickte und deutete auf den fremden, unheimlichen Mann, der immer noch neben ihr saß.
„Er belästigt mich. Ich habe Angst."
„Sollen wir die Polizei rufen?"
Beatrice nickte hastig und lief zu den Menschen, die zu ihr gekommen waren, um ihr zu helfen. Langsam stand der fremde Mann auf und sah sie wieder mit dem rätselhaften, traurigen Blick an, den er ihr schon am gestrigen Tag beim Verlassen des Lokals zugeworfen hatte.
„Sollen wir ihn festhalten?"
Beatrice überlegte kurz und schüttelte dann ihren Kopf.
„Nein, lassen Sie ihn gehen. Er hat mir ja nichts getan."
Alle beobachteten, wie der Mann davon trottete, sich noch einmal umdrehte, um dann seinen Weg fortzusetze.
Beatrice war die Lust am Schwimmen vergangen. Eine junge Frau, die den Strand gerade mit ihrem Auto verlassen wollte, bot ihr an, sie nach Hause zu fahren. Dankbar nahm Beatrice dieses Angebot an. Doch als sie zuhause war, überfiel sie wieder dieses Angstgefühl.
‚Woher hatte der Fremde gewusst, dass sie zum Strand gegangen war? Hatte er sie beobachtet und verfolgt? Wusste er sogar, wo sie wohnte?'
Das erste Mal in ihrem Leben wünschte Beatrice, dass Richard, ihre erste große Liebe, sie damals nicht so schnöde betrogen hätte. Dann wäre sie jetzt seine Frau und müsste sich nicht vor einem fremden Mann fürchten. Und sie wäre nicht so unglücklich verliebt in Daniel. Wieder liefen ihr die Tränen die Wangen hinunter.

Der Tag verlief langsam, und bei jedem Geräusch schreckte Beatrice auf.

‚Ob sie nicht doch besser zur Polizei gehen sollte?' überlegte sie, aber sie konnte sich nicht dazu aufraffen.

‚Vielleicht hat er sich ja nur ein wenig in mich verliebt? Vielleicht hatte er auch keine Erfahrungen im Umgang mit Frauen, und seine Annäherungsversuche sind deshalb etwas plump? Vielleicht ist er ja morgen nicht mehr da?'

Diese Gedanken verfolgten sie den ganzen Tag. Das Wetter war herrlich und die Sonne schien unaufhörlich in ihre kleine Wohnung. Eigentlich hatte sie sich vorgenommen, an diesem Nachmittag einen ausgedehnten Schaufensterbummel zu machen.

‚Ob sie es wagen sollte?'

Beatrice hielt es in ihrer kleinen Wohnung nicht mehr aus. Sie zog sich ein sommerliches Kleid an und verließ das Haus. Als sie sich vorsichtig umsah, konnte sie den Fremden nicht entdecken. Zuerst fühlte Beatrice ein unangenehmes Gefühl, beobachtet zu werden und drehte sich immer nach ein paar Schritten um. Doch je länger sie an den Schaufenstern entlang lief und ihn nicht sah, desto sicherer fühle sie sich. Er schien aufgegeben zu haben.

Beatrice wusste nicht, dass der unheimliche Fremde sie noch immer beobachtete. Er folgte ihr in einem sicheren Abstand, und jedes Mal, wenn Beatrice sich umdrehte, versteckte er sich hinter einem der vielen Menschen, die wie Beatrice den wundervollen Tag dazu benutzten, sich die Schaufenster der Geschäfte zu betrachten.

In einem der romantischen Eiscafés setzte sich Beatrice an einen kleinen Tisch und bestellte sich einen Eistee. Sie liebte es, Menschen zu beobachten, doch dieses Mal war es mit Angst verbunden. Beatrice befiel eine plötzliche Unruhe, die sie sich nicht erklären konnte. Schnell bezahlte sie und lief fast den ganzen Weg nach Hause zurück. Erst als sie wieder in ihrer kleinen Wohnung war, atmete sie auf. Hier fühlte sie sich sicher.

Kapitel 5

Beatrice hatte bisher einen einzigen richtigen Freund gehabt und mit ihm ihr erstes sexuelles Abenteuer erlebt. Ganze 14 Monate dauerte diese Beziehung, und sie wurde jäh beendet, als Richard, so hieß ihr damaliger Freund, sich in eine andere Frau verliebte, die fast doppelt so alt war, wie er selbst. Beatrice war ihm zu unerfahren und zu unschuldig. Auf Dauer konnte Richard deshalb nicht mit Beatrice zusammen leben. Seine sexuellen Interessen und Vorlieben glaubte er nur bei einer erfahreneren und älteren Frau ausleben zu können.

Beatrice hatte Richard auf dem Gymnasium kennen gelernt, und er war ihre erste große Liebe. Was Beatrice nicht wusste, war der Umstand, dass er eigentlich ältere Frauen bevorzugte. Doch da auf dem Gymnasium nur Schülerinnen seines Alters waren, gab er sich mit Beatrice zufrieden. Sie war die Hübscheste von allen, und er war stolz, sie als seine Freundin an seiner Seite zu haben und mit ihr angeben zu können.

Nachdem sie etwa sechs Monate zusammen gingen, fing er an, sie sexuell zu bedrängen. Er war ein junger Mann und konnte und wollte nicht länger warten. Bei jedem Zusammensein mit Beatrice ging er ein Stück weiter. Erst versuchte er, mit seinen Händen unter ihr T-Shirt oder ihre Bluse zu gelangen, was sie ihm am Anfang verwehrte. Doch nach und nach erlaubte sie es ihm.

Beim ersten Mal, als er ihre kleinen, aber festen Brüste streichelte, passierte es. Er ejakulierte in seine Hose, und Beatrice merkte es noch nicht einmal, so unerfahren wie sie war. Sie wunderte sich nur darüber, dass er Hals über Kopf davon rannte, nachdem sie ihm endlich erlaubt hatte, ihre nackten Brüste zu befühlen und zu massieren. Als er davon rannte, glaubte sie in ihrer jugendlichen Unschuld, ihre zu kleinen Brüste wären der Grund, warum er so schnell davon gestürmt war. Dass er sich vor ihr schämte, weil seine Hose nass geworden war, wusste sie selbstverständlich nicht. Beatrice gab sich die Schuld daran und dachte, dass sie ihm nicht gefiel. Tief bestürzt und beschämt ging sie anschließend nach Hause und weinte bittere Tränen. Nie mehr wollte sie ihn wieder sehen. Es dauerte lange, bis Richard sie vom Gegenteil überzeugt hatte und sie wieder mit ihm ausging.

Bei ihrem ersten Treffen nach diesem peinlichen Erlebnis für Richard erzählte er ihr, was mit ihm an jenem Abend passiert war. Beatrice, die kaum aufgeklärt war, wurde über und über rot und wusste nicht, was sie antworten sollte. Zwar hatte sie davon gehört, dass das männliche Glied seinen Samen hinaus ejakuliert, sie wusste aber nicht genau, wieso und was man tun müsste, damit ein Penis ejakulierte. Geduldig erklärte ihr Richard die Zusammenhänge, aber es dauerte noch einmal einige Monate, bis Beatrice ihm wieder erlaubte, ihren Körper zu berühren.

Dieses Mal hatte sich Richard besser unter Kontrolle. Er war mit ihr zu einem einsamen Strand gefahren, wo außer ihnen niemand war. Sie lag in seinem linken Armen und schaute ihn vertrauensvoll an. Langsam schob er seine rechte Hand unter ihr leichtes T-Shirt und griff in ihren Büstenhalter, um ihre rechte Brust heraus zu nehmen. Beatrice begann, etwas unruhiger zu atmen und bewegte sich, als ob sie sich umdrehen wollte, als ob sie seinen suchenden Fingern entgehen wollte. Aber Richard hielt sie fest und presste seine fordernden Lippen auf ihre. Sein Atem war heiß, und die Wildheit, mit der seine Zunge Einlass zwischen ihre Zähne forderte, erschreckte Beatrice und ließ ihren Körper ganz steif werden.

Richard ließ sie in den Sand fallen und stand auf.

„So geht das nicht, Beatrice. Du musst mir schon ein wenig entgegen kommen. Wenn du zulässt, dass ein Mann deine Brust berührt, dann musst du auch zulassen, dass er andere Körperteile von dir streicheln und ansehen will. Verstehst du das?"

Ängstlich sah Beatrice zu ihm hoch. Sie liebte ihn sehr, aber jetzt machte er ihr plötzlich Angst.

So, als ob Richard es auf einmal verstehen würde, setzte er sich wieder neben sie.

„Ich will dir doch nicht weh tun, meine kleine Beatrice", stöhnte er ihr ins Ohr.

„Ich will doch nur, dass wir uns endlich richtig lieben, so, wie Erwachsene es tun."

Beatrice, die Angst hatte, ihn zu verlieren, legte sich vertrauensvoll neben ihn.

„Ich habe aber keine Erfahrung in solchen Dingen", flüsterte sie leise zurück.

„Und ich habe ein wenig Angst."

„Das musst du nicht, du musst doch keine Angst vor mir haben, ich liebe dich doch."

Die letzten Worte von Richard genügten, um Beatrice davon zu überzeugen, sich ihm das erste Mal hinzugeben.

Vorsichtig zog er das T-Shirt über ihren Kopf und knüpfte ihren Büstenhalter auf. Instinktiv legte Beatrice ihre Hände über ihre Brüste und versteckte sie vor seinen gierigen Blicken, die ihr trotz allem, was er zuvor zu ihr gesagt hatte, ein wenig Angst einjagten. Vorsichtig nahm er ihre Arme und zog sie von ihren Brüsten fort. Mit nacktem Oberkörper und roten Wangen saß sie vor ihm und schämte sich entsetzlich. Noch nie zuvor hatte ein Mann ihre nackten Brüste gesehen oder gar berührt.

„Du bist so schön, dein Busen ist schön, oh, Beatrice", stöhnte Richard auf und ergriff sie zärtlich. Ganz leicht streichelte er über die beiden kleinen Brüste. Dann beugte er sich vor und nahm abwechselnd ihre rechte und linke Brustwarze zwischen seine Lippen und saugte und leckte an ihnen.

In Beatrice wuchs ein Gefühl, das sie bisher noch nie verspürt hatte. Außerdem regte sich ihre Klitoris zwischen ihren Beinen und sorgte für noch mehr Tumult in ihrem jungen, unerfahrenen Körper.

„Gefällt dir das?"

hörte sie die Stimme von Richard, die sie in die Wirklichkeit zurück rief. Beatrice konnte nur nicken, denn das, was sich gerade in ihrem Körper abspielte, überwältigte sie vollkommen.

Erst als Richard sie auf den Boden drückte, versuchte sie, sich ein letztes Mal zu wehren.

„Bitte, Richard, ich habe Angst, bitte."

„Ich weiß, meine süße kleine Beatrice, ich weiß. Das ist doch normal. Jeder hat Angst vor dem ersten Mal."

Ohne sich um ihre Ängste zu kümmern, knöpfte er ihre Shorts auf und zog den Reißverschluss hinunter. Beatrice wand sich unter ihm, aber er hielt sie mit seinem linken Arm fest.

„Du musst mir helfen, Beatrice",

stöhnte Richard auf.

„Du musst mir bei deinen Shorts helfen, bitte."

Ihre ängstlichen Augen schienen ihn noch heißer auf sie zu machen. Fest drückte er seine Lippen auf ihre bebenden Lippen, und es gelang ihm, seine Zunge zwischen ihre Zähne zu bekommen. Doch Beatrice reagierte nicht. Sie lag da wie ein Stück Holz.

„Saug an meiner Zunge, so, als ob du meinen Schwanz im Mund hättest, bitte, Beatrice, bitte!"

Dass er sie mit diesen Worten noch mehr erschreckte, bemerkte Richard nicht, denn Beatrice konnte sich in diesem Moment beim besten Willen nicht vorstellen, sein Glied jemals in ihren Mund zu nehmen. Zwar hatte sie davon gehört, dass Frauen ihre Männer oral befriedigten, aber sie war sich sicher, dass sie das niemals tun würde. Ekel überfiel sie bei dieser Vorstellung. Aber sie ließ es zu, dass er erneut seine Zunge in ihren Mund schob und saugte an ihr. Richard stöhnte laut auf.

„Ja, Beatrice, ja, das ist gut, weiter, bitte, Beatrice, mach weiter."

Während sie an seiner Zunge saugte und langsam eine Steigerung der bisher unbekannten Erregung in sich spürte, versuchte Richard immer noch, ihre Shorts herunter zu ziehen. Doch ohne Beatrices Hilfe gelang es ihm nicht ganz.

„Hilf mir, bitte, Beatrice, hilf mir doch."

Doch Beatrice blieb steif liegen. Obwohl es Richard kaum noch aushalten konnte und er Angst hatte, wieder frühzeitig abzuspritzen, richtete er sich auf und zog alleine ihre Hose hinunter. Dann hob er ihre Füße an und zog sie ganz aus. Nun lag Beatrice nur noch mit einem kleinen Höschen bekleidet vor ihm.

„Du bist so schön, oh, meine kleine Beatrice."

Zärtlich streichelte er wieder über ihre Brüste, und seine Finger wanderten langsam hinunter zu ihrer Scham. Als einige Finger vorsichtig unter ihr Höschen glitten, überkreuzte Beatrice instinktiv ihre Beine, um ihre Scham vor seinen suchenden Händen und Blicken zu verstecken. Trotz seiner Erregung musste Richard lächeln. Er verstand, dass es das erste Mal für sie war und wusste, er musste vorsichtig sein, um an sein Ziel zu gelangen. Und dieses Ziel war so nahe, er wollte es unbedingt haben.

Dieses Mal wehrte sie sich nicht, als er ihr das Höschen auszog. Nur als er ihre Beine auseinander spreizen wollte, richtete sie sich etwas auf und zog seinen Kopf zu sich hinunter.

„Nicht ansehen, bitte, Richard, sieh mich nicht an."

„Warum denn nicht, süße Beatrice, warum?"

„Ich schäme mich so, bitte, Richard, nicht anschauen."

Er küsste sie zärtlich auf den Mund, saugte an ihren Ohrläppchen und bewegte seine Lippen bis zu ihren Brüsten, deren Nippel ganz hart waren und ihre beginnende sexuelle Erregung verrieten. Beatrices Atem wurde schneller, hastiger, und der erfahrene Richard wusste, jetzt würde sie ihn nicht mehr zurückweisen, denn Beatrice war erregt und ihr Körper verlangte nach dem ersten Orgasmus.

Seine Zunge wanderte ganz langsam über ihren Bauch, hielt ein wenig an ihrem Bauchnabel inne, um ihn zu erforschen, und leckte dann weiter bis zu ihrer Scham. Seine Finger streichelten zärtlich die kleinen, dunklen Härchen, die eigentlich ihre Schamlippen vor seinen Blicken schützen sollten, es aber nicht tun konnten, da sich diese Schamlippen leicht geöffnet hatten und so den Blick auf die kleineren dazwischen freigaben.

Laut stöhnte Richard auf, und bevor Beatrice es ihm verwehren konnte, leckte er sie dazwischen und presste seinen Kopf hinein.

„Beatrice, Beatrice,"
stöhnte Richard,
„Beatrice, Du machst mich verrückt."

Der Duft, der ihn umhüllte, bewirkte, dass Richard noch erregter wurde, als er schon war. Aber Beatrice lag einfach nur da und bewegte sich nicht, obwohl sich Richards Penis genau über ihrem Gesicht befand. Sie wusste nicht, was sie mit ihm tun sollte.

„Leck ihn, bitte Beatrice, leck meinen Schwanz, bitte."

‚Seinen Penis lecken?'

Nein, das brachte sie noch nicht fertig. Überhaupt war es das erste Mal, dass Beatrice einen nackten und zudem äußerst erigierten Penis sah. Seine Größe erschreckte sie und faszinierte sie gleichzeitig. Trotzdem wusste sie nichts damit anzufangen, obschon ihr Körper sehr erregt war. Richard schien es in diesem Moment bewusst zu werden, dass sie überhaupt keine Ahnung hatte. Seine Erregtheit ging etwas zurück, und er setzte sich neben Beatrice, die ihn wieder ängstlich ansah.

„Habe ich etwas falsch gemacht?"
fragte sie und sah ihn erschrocken an.
„Ach, Beatrice, wie kannst du etwas falsch gemacht haben, wenn du überhaupt nichts gemacht hast? Hast du noch nie einen nackten Penis gesehen?"
Beatrice schüttelte verneinend den Kopf. Also nahm Richard sein Glied in seine Hände und führte es genau vor Beatrices Gesicht.
„Siehst du diesen Schwanz? Siehst du diese wundervolle Eichel, die so gedehnt ist, dass sie am liebsten jeden Moment platzen würde? Weißt du, was sie jetzt am liebsten hätte? Dass du sie leckst und mit deinen Lippen verwöhnst. Meinst du, du könntest es wenigstens einmal versuchen?"
Obwohl Beatrice es sich nicht hatte vorstellen können, erfüllte sie Richards Bitte und leckte vorsichtig über seine Eichel. Dabei kam ihre Zunge in die kleine Spalte, und das erste Mal in ihrem Leben schmeckte Beatrice die Lusttropfen eines Mannes. Erschrocken wollte sie ihren Kopf auf die Seite drehen, aber Richard ließ es nicht zu. Er war viel zu erregt, um jetzt aufhören zu können. In ihrer Erschrockenheit hatte Beatrice ihren Mund leicht geöffnet, und Richard nutzte diese Gelegenheit und drückte seinen Schwanz hinein.

„Saug an ihm, bitte, Beatrice, so wie eben mit meiner Zunge. Saug ihn, bitte, Beatrice."

Während Richard über ihr kniete und zusah, wie sie vorsichtig anfing, an der Eichel seines Gliedes zu lutschen und zu saugen, fing er selbst an, den Schaft seines harten Schwanzes zu reiben und seine Vorhaut vor und zurück zu schieben.

Mit großen Augen sah ihm Beatrice dabei zu. Erregt lächelte er sie an, und plötzlich ging sein Atem nur noch stoßweise, seine Hand massierte den Schaft seines Schwanzes schneller und immer schneller, und dann füllte sich Beatrices Mund mit dem gewaltigen Schwall von Samen, der aus Richards Penis herausquoll.

Obwohl Beatrice gedacht hatte, es niemals tun zu können, schluckte sie alles hinunter, da sie nicht wusste, was sie sonst damit machen sollte. Genau wie die Lusttropfen, die sie zuvor aus seiner Eichel geleckt hatte, schmeckte auch sein Sperma leicht salzig.

Nachdem Richard in ihren Mund gekommen war, legte er sich zufrieden neben sie.

„Das war gut, Beatrice, das war gut",

murmelte er leicht schläfrig und schien Beatrice einfach vergessen zu haben. Sie dagegen lag unerfüllt im Sand und wusste nicht, was sie jetzt machen sollte. In ihren Träumen hatte sie sich das erste Mal ganz anders vorgestellt. Viel liebevoller und zärtlicher und vor allen Dingen hatte sie sich ihren ersten Orgasmus davon erhofft. Nun lag sie neben einem Mann, dessen Penis sie mit ihrem Mund verwöhnt und dessen Sperma sie geschluckt hatte. Richard schien kein Interesse mehr an ihr zu haben und schnarchte leicht. Er war tatsächlich eingeschlafen. Enttäuscht stand Beatrice auf und zog sich an. Dann lief sie den langen

Weg bis in die Stadt zurück, und zuhause angekommen, weinte sie sich in den Schlaf.

Richard wachte erst am nächsten Morgen am Strand auf und erschrak. Er konnte Beatrice nirgends finden. Schuldbewusst fuhr er nach Hause und war froh, als er Beatrice in der Schule entdeckte.

„Warum hast Du mich gestern Abend nicht geweckt? Warum bist du einfach nach Hause gegangen?"

Richard wollte, dass Beatrice sich schuldig fühlte. Doch da hatte er die Rechnung ohne sie gemacht.

„Ich bin froh, dass es nur dein Schwanz war, der abgespritzt hat."

Diese Worte hatte Beatrice einmal in einem Buch gelesen, das ihre Mutter vor ihr versteckte.

„Ich bin froh, dass ich noch Jungfrau bin."

Damit ließ Beatrice Richard stehen und ging zu einer Gruppe Mädchen aus ihrer Klasse. Als Richard kurze Zeit später lautes Gelächter hörte, glaubte er, dass sie sich über ihn lustig machten. Doch das taten sie nicht, denn natürlich erzählte Beatrice niemandem, was sich am Abend zuvor am Strand abgespielt hatte. Es vergingen viele Wochen, bis sich die Liebenden wieder fanden und sie das Missverständnis aufklärten.

Wieder waren sie allein am Strand und küssten sich zärtlich.

„Ich war so dumm, meine kleine Beatrice, ich war so dumm",

stöhnte Richard in ihr Ohr.

„Ich doch auch, Richard, ich war doch selbst dumm", antwortete ihm Beatrice nicht minder erregt.

Seit dem Abend, an dem sie das erste Mal diese Erregung verspürt hatte, klopfte ihre Klitoris beständig und verlangte nach Erfüllung. Nur wusste Beatrice nicht, wie sie es anstellen sollte, ihrer Klitoris die gewünschte Erfüllung zu bereiten.

„Dieses Mal will ich auch einen Orgasmus",

machte sie Richard unmissverständlich klar.

Als er sich aber daran machte, sie nackt auszuziehen, sträubte sie sich wieder und schämte sich erneut vor ihm. Es dauerte eine Zeit, bis es Richard endlich gelungen war, Beatrice ganz nackt auszuziehen. Vorsichtig hob er ihre Beine und spreizte sie ein wenig. Beatrice atmete schwerer und hielt ihre Augen geschlossen, so, als ob sie damit ihre Blöße bedecken würde.

„Du bist schön, oh, Beatrice, du bist so schön."

Richards Stöhnen ließ sie erzittern, und sie spürte seine Lippen, die sich zwischen ihre Schamlippen drängten und an ihrem Kitzler saugten. Eine warme Gänsehaut durchlief ihren gesamten Körper, und ihre Brustwarzen wurden hart und standen von ihren wunderschönen, kleinen Brüsten ab.

Als Richard vorsichtig versuchte, einen Finger in ihre Vagina zu schieben, wollte sich Beatrice von ihm weg drehen, aber Richard hielt sie fest.

„Ich tue dir nicht weh, bitte, Beatrice, bitte."

Dieses Mal spreizte sie ihre Beine von alleine und sah ihm zu, wie er wieder seinen Kopf zwischen ihre Scham drückte.

„Ja, das mag ich, Richard, ja, das ist gut."

Beatrice konnte es nicht glauben, dass sie selbst diese Worte stammelte.

„Mach weiter, ja, Richard, ja."

Aber dann hob er seinen Kopf und kniete sich über ihren Unterleib.

„Richard,"

rief Beatrice aus,

„Richard, was machst du?"

Doch er antwortete ihr nicht, sondern nahm seinen Penis in seine Hände und rieb seinen Schaft vor Beatrices Augen heftig auf und ab. Dann nahm er aus einer kleinen Verpackung ein Kondom und zog es langsam über seinen erigierten Schwanz. Dabei wurde sein Atem immer lauter und schneller und seine Augen glänzten. Er drückte Beatrices Beine noch weiter auseinander und setzte sein hartes Glied an die Öffnung ihrer Scheide, die sie ihm nun freiwillig darbot. Ganz langsam und vorsichtig drückte er seinen harten Schwanz tiefer und tiefer in ihre Scheide, bis er auf einen Widerstand stieß. Richard wusste, er musste ihr Jungfernhäutchen durchstoßen, um sie richtig ficken zu können. Er versuchte es, indem er seinen Schwanz leicht dagegen drückte, aber es hielt ihm stand. Die Erregung, die Richard jetzt befallen hatte war zu stark, er musste stärker zustoßen und die erschrockenen Schreie von Beatrice ignorieren. Fest umklammerte er ihre Taille, während es seinem Penis endlich gelang, durch dieses zähe Häutchen zu stoßen.

„Ja, Beatrice, ja, oh,"
laut stöhnend kam er tief in ihrer Vagina und spritzte seinen Samen in sie hinein.

„Oh, Beatrice, meine liebe Beatrice, ich liebe Dich."
Doch Beatrice antwortete ihm nicht. Niemand hatte ihr gesagt, dass es so weh tun würde. Sie wollte nur noch weg, weg von diesem Ungeheuer von Mann, der sie laut keuchend entjungfert hatte.

Als Richard sie küssen wollte, drehte sie ihren Kopf auf die Seite.

„Was ist los?"
fragte er und wusste nicht, was mit ihr geschehen war. Vor ein paar Minuten noch lag sie unter ihm und war erregt und nun schien alles vorbei zu sein.

„Es hat so furchtbar weh getan",
weinte sie leise.

„Es hat wirklich ganz furchtbar weh getan, Richard."
„Ach, Beatrice, es tut mir leid, das wollte ich nicht. Aber weißt Du, wenn ein Mann schon einmal so weit ist, dann ist es fast unmöglich für ihn, aufzuhören.

Aber ich verspreche dir, beim nächsten Mal wird es wunderschön für dich werden."

„Ist das wirklich wahr, Richard?"

Sie schien es nicht glauben zu wollen.

„Sollen wir es gleich ausprobieren?"

Ohne Beatrices Antwort abzuwarten, leckte er zärtlich ihre Brustwarzen und wanderte mit seiner Zunge zu ihrem Venushügel. Leicht spreizte er ihre Scham auseinander und legte zwei Finger um ihre Klitoris, die klopfend und dick angeschwollen zwischen ihren Schamlippen herausragte. Während Richard anfing, den Kitzler zu massieren drehte er sich herum und sah Beatrice dabei zärtlich an.

„Entspann dich, Liebling, bitte, Beatrice, lass es einfach zu."

Beatrice, die erstaunt wahrnahm, dass sich etwas in ihrer Klitoris anbahnte, das sie so zuvor noch nie gefühlt hatte, tat, was Richard ihr zuflüsterte. Sie ließ sich einfach gehen, und als ihr Kitzler explodierte und ein Feuerwerk von Explosionen in ihrem Körper entfachte, schrie sie ihre Lust einfach heraus.

Ihr erster Orgasmus war enorm und brachte Beatrice dazu, den Sex von da an zu lieben und zu genießen. Und es trat ein, was Richard gesagt hatte. Beim zweiten Mal, als er seinen Schwanz in ihre Scheide stieß, spürte sie nur noch Lust und keine Schmerzen. Für Beatrice hätte das Leben so weiter gehen können. Sie glaubte fest daran, dass sie und Richard nach Beendigung der Schule heiraten würden und ein normales und zufriedenes Leben führen würden. Doch es kam alles anders.

Eines Abends, Richard war angeblich zu einem Freund gefahren, um mit ihm gemeinsam für eine Prüfung in der Schule zu lernen, joggte Beatrice und wollte an der Stelle, an der sie und Richard ihr erstes gemeinsames Sexerlebnis hatten, eine Pause einlegen. Doch schon von weitem bemerkte sie, dass dort anscheinend eine große Party gefeiert wurde. Als sie am Parkplatz vorbei lief, bemerkte sie Richards Auto.

‚Er sagte doch, dass er mit einem Freund lernen wollte?'

dachte sie erstaunt und lief etwas näher auf die Gruppe zu, die sich am Strand befand. Doch je näher sie kam, umso langsamer wurden ihre Schritte, denn sie musste erkennen, dass alle nackt waren. Beatrice versteckte sich hinter dem letzten Busch vor dem Strand und sah, dass diese Menschen nicht nur alle nackt waren, sondern dass sie auch alle miteinander und untereinander sexuelle Handlungen verrichteten. Mit Ekel beobachte sie Richard, der hinter einem Mann kniete und gerade dabei war, ihn genüsslich zwischen seinen Hinterteilen zu lecken. Dieser Mann hatte sich vor ihm gebückt und war seinerseits dabei, sein eigenes Glied zu wichsen.

Beatrice wollte weglaufen, aber die Angst, gesehen zu werden, hielt sie davon ab. Sie versuchte, nicht auf die Gruppe vor ihr zu schauen, aber es gelang ihr nicht. Immer wieder öffnete sie ihre Augen, um dem sexuellen Treiben, das genau vor ihren Augen stattfand, zuzusehen. Es kam Beatrice vor, als ob sie Richards Schwanz noch nie so groß und hart gesehen hätte. Ein anderes Pärchen, das nicht weit weg von Richard und dem Fremden auf einer Decke lag, leckten sich gegenseitig ihre Genitalien und gerade in dem Moment, in dem sich Beatrices Blick auf sie gerichtet hatte, spritzte er ihr sein Sperma in den Mund. Die Ladung war so heftig, dass es ihr seitlich an den Lippen herausquoll. Was Beatrice auffiel war, dass alle fast doppelt so alt waren wie Richard. Er schien der Jüngste in der Gruppe zu sein.

‚Wie hatte er solche Leute kennen gelernt und wo?'

fragte sich Beatrice während sie dem Treiben vor sich weiter zusah und nicht glauben konnte, was sich mittlerweile dort abspielte. Richard lag im Sand und hatte den Schwanz des Mannes im Mund, dem er gerade den Hintern abgeleckt hatte. Genüsslich saugte er an dessen Eichel, während eine fremde Frau seinen eigenen Penis gleichzeitig mit ihren Lippen bearbeitete. Einige standen um sie herum und beobachteten die Szene. Es war unwirklich, was Beatrice beobachtete, und sie hoffte, sie würde gleich aufwachen und feststellen, dass alles nur ein Traum war.

Aber Beatrice wachte nicht auf, sondern musste mit ansehen, wie ihr Freund Richard einer anderen Frau sein Sperma zum Schlucken in den Mund spritzte. Ungestüm bäumte er dabei seinen Unterkörper auf und spritzte sein kostbares Gut tief in ihren Rachen. Kaum, dass Richard seinen Penis entleert hatte, spritzte ihm der Mann, dessen Schwanz er selbst zwischen seinen Lippen hatte, seinen Erguss tief in seinen Mund und an seinem Adamsapfel konnte Beatrice erkennen, dass er viel zu schlucken hatte.

Beatrice erschrak erneut, als sie sah, wie genüsslich Richard anschließend dieses Glied des fremden Mannes sauber leckte. Am liebsten wäre sie sofort weg gelaufen, aber es war noch zu hell, leicht hätte man sie entdecken können. So blieb ihr nichts weiter übrig, als zuzusehen, wie eine Weile später Richard eine der älteren Frauen zärtlich auf den Mund küsste und ihre großen, hängenden Brüste streichelte. Diese Frau hielt still und genoss seine Finger auf ihrer Haut. Als Richard sie rücklings in den Sand legte, strahlte sie ihn an, was Richard dazu veranlasste, seinen Kopf in ihren Schoß zu versenken und mit wilden Bewegungen an ihrer Scham zu lecken. Bereitwillig öffnete die Fremde ihre Beine, damit Richard besser an ihre Vagina kommen konnte. Ihre Hände vergrub sie in seinen Haaren und drückte ihn so noch fester auf ihre Scham.

Wieder standen einige der anderen Teilnehmer dieser Orgie um sie herum und beobachteten die Szene. Es schien Richard nur noch mehr aufzugeilen, denn plötzlich richtete er sich auf und rammte seinen harten Schwanz tief in die vor ihm liegende Scheide der älteren Frau.

Beatrice hatte genug gesehen, und es war ihr egal, eventuell entdeckt zu werden. Wie eine Furie lief sie davon, und erst als sie fast die Stadt erreicht hatte, hielt sie inne.

‚Hatte sie das wirklich alles gesehen, oder hatte sie nur geträumt?'

Doch Beatrice musste sich eingestehen, dass sie nicht geträumt hatte, sondern dass das, was sie beobachtete hatte, für sie traurige Wirklichkeit war.

Als Richard am nächsten Tag bei ihr vorbeikam, um sie abzuholen, sagte sie ihm ganz ruhig, dass sie ihn am Abend zuvor am Strand beobachtet hatte und dass es besser wäre, wenn sie sich trennen würden.

Richard war entsetzt und versuchte vergeblich, ihr zu erklären, dass es eine einmalige Angelegenheit gewesen wäre und er es nie mehr tun würde. Doch Beatrice glaubte ihm nicht. Zu sehr hatte es sie getroffen, ihn mit dieser anderen Frau zu sehen.

Schon kurze Zeit später hatte Richard eine neue Freundin, eben diese ältere Frau, mit der er am Strand Sex hatte. Beatrice indessen hielt sich in der Zukunft von jungen Männern fern. Die Enttäuschung, die ihr Richard bereitet hatte, war einfach zu groß. Sie nahm sich fest vor, sich nie mehr zu verlieben. Doch dann traf sie Daniel und verliebte sich Hals über Kopf in den etwas älteren Mann. Und nun hatte sie wieder miterlebt, wie dieser Mann eine andere küsste. Beatrice weinte sich in den Schlaf und quälte sich durch eine unruhige Nacht.

Kapitel 6

Als Beatrice am Montagmorgen die Praxisräume betrat, zitterte sie. Sie hatte geglaubt, den fremden Mann auf ihrem Weg zur Arbeit in der Menschenmenge entdeckt zu haben. So schnell sie konnte, bahnte sie sich selbst einen Weg und rannte zu dem Haus, in dem sich die Praxis von Daniel befand. Er war schon da, als sie keuchend die Tür öffnete.

„Beatrice, was ist los mit dir, Beatrice?"

„Mich verfolgt ein Mann",

stieß sie atemlos hervor und sah ängstlich auf die Tür, so, als ob sie befürchtete, dass der Fremde jeden Moment herein kommen würde.

„Nun beruhige dich erst einmal, du bist ja ganz aufgeregt."

„Er verfolgt mich schon seit Samstag, und ich weiß nicht mehr, was ich machen soll."

„Was heißt er verfolgt dich schon seit Samstag? War er bei dir zu Hause? Hat er bei dir geklingelt?"

Beatrice schüttelte den Kopf.

„Nein, das hat er nicht gemacht, aber überall wo ich hingehe, taucht er auf. Sogar gestern am Strand war er plötzlich da und hat sich einfach zu mir gesetzt."

„Hat er etwas zu dir gesagt?"

Beatrice errötete tief und senkte ihren Kopf.

„War es so schlimm oder war es so furchtbar, dass du nicht darüber sprechen kannst?"

Nun war auch Daniel beunruhigt. Doch Beatrice schüttelte ihren Kopf.

„Er sagte, ich wäre für ihn eine der schönsten Frauen des Universums."

Wieder errötete sie. Doch Daniel fing an zu lachen.

„Ach, Beatrice. Der Mann ist bestimmt harmlos. Er hat sich in dich verliebt, das ist doch etwas Schönes. Gefällt er dir auch?"

Wild schüttelte Beatrice ihren Kopf.

„Nein, auf keinen Fall."

Sie dachte an das Gesicht des Fremden und an seine seltsamen Augen und musste sich unwillkürlich schütteln.

„Seine Augen, sie machen mir Angst, "

presste sie zwischen ihren zusammen gebissenen Zähnen hervor.

„Der ganze Mann flößt mir Furcht ein. Ich kann nicht genau sagen warum, aber es ist einfach so."

In diesem Moment ging die Tür auf und eine Patientin, die heute Morgen einen Termin hatte, betrat den Raum. In ihren Händen trug sie einen riesigen Strauß langstieliger roter Rosen.

„Die lagen vor der Tür",

lächelte sie und legte sie auf Beatrices Schreibtisch. Es war ein kleines Kärtchen an der Umhüllung der wundervollen Blumen angebracht. Daniel nahm es und fing an zu lächeln.

„Siehst du, Beatrice. Du musst keine Angst haben. Dein unbekannter Verehrer hat sie dir geschickt."

Damit überreichte er Beatrice das Kärtchen.

‚Für die für mich schönste Frau des Universums,'

stand darauf geschrieben.

„Er scheint sich wirklich heftig in dich verliebt zu haben."

Beatrice antwortete Daniel nicht mehr. Vielleicht hatte er recht und dieser fremde Mann, der ihr so große Furcht eingejagt hatte, meinte es nur gut, denn die Rosen mussten ein kleines Vermögen gekostet haben. Da es in der Praxis keine Vase gab, die groß genug gewesen wäre, den riesigen Rosenstrauß aufzunehmen, musste notgedrungen der

Schirmständer herhalten. Jede Patientin, die an diesem Tag die Praxis betrat, stieß einen kleinen Entzückungsschrei aus, sobald sie den wundervollen Strauß von Rosen erblickte.

Während ihrer Arbeit war Beatrice abgelenkt, doch sowie sie in ihr Anmeldezimmer kam, sah sie den Strauß und bekam Angst. Doch mit was sollte sie ihre Angst begründen? Der unergründliche Blick seiner Augen? Die Polizei würde sie bestimmt auslachen.

Als sie abends nach Hause ging, sah sie sich immer wieder um, aber sie konnte den Fremden nicht sehen. Etwas beruhigt betrat sie ihre Wohnung und hoffte, dass er sie nie mehr belästigen würde. Auch der Rest des Abends verlief ruhig, und erst als sich Beatrice am nächsten Morgen auf den Weg zur Arbeit begab, sah sie ihn wieder. Er stand auf der gegenüberliegenden Seite der Straße und beobachtete ihren Hauseingang. So schnell sie konnte lief sie davon und erreichte keuchend die Arztpraxis. Außer ihr war noch niemand da, und Beatrice verschloss die Tür von innen mit ihrem Schlüssel. So fühlte sie sich einigermaßen sicher. Doch als sie hörte, dass sich jemand am Türschloss zu schaffen machte, überfiel sie panische Angst. Der Fremde, er versuchte einzubrechen. Wie versteinert stand Beatrice in der Mitte des Raumes, und als sich die Tür öffnete, stieß sie einen lauten Schrei aus.

„Beatrice, um Gottes Willen, was ist los mit dir, und wieso ist die Tür noch verschlossen?"

Es war Daniel, der durch die Tür hereingekommen war.

„Ich dachte, ach, Daniel, ich dachte, es wäre dieser Fremde. Heute Morgen stand er wieder auf der anderen Seite der Straße und beobachtete das Haus, in dem ich wohne."

„Er hat sich in dich verliebt und möchte dich halt so oft wie möglich sehen",
versuchte Daniel mit ruhigen Worten seine verschreckte Arzthelferin zu beruhigen.
„Du wirst sehen, Beatrice, wenn du ihm deutlich zeigst, dass er dir gleichgültig ist, wird er bald damit aufhören."
Doch kaum hatte Daniel die Worte ausgesprochen, öffnete sich die Tür zur Praxis und eine der Patientinnen, die am heutigen Morgen einen Termin bei Daniel hatte, trat herein.
„Da draußen liegt ein riesiger Rosenstrauß. Ich wusste nicht, ob ich ihn mit herein bringen sollte."
„Ist schon gut, ich hole ihn."
Daniel stürmte hinaus und kam mit einem noch größeren Strauß voller Rosen zurück als der gestrige. Und wieder stand auf dem beigefügten Kärtchen:
‚Für die für mich schönste Frau des Universums.'
„Er scheint sich wirklich schwer in dich verliebt zu haben, Beatrice. Aber mache dir bitte keine allzu großen Gedanken, es wird bestimmt bald aufhören, denn die Rosen kosten ein Vermögen."

Wieder versuchte Beatrice den ganzen Tag, nicht an ihren Verehrer zu denken und gab sich besondere Mühe, Daniel und die Patientinnen zufrieden zu stellen. Auch an diesem Tag ließ sie die Rosen in der Praxis und nahm sie nicht mit nach Hause. Falls der Fremde sie beobachtete, sollte er sehen, dass ihr nichts an den Blumen lag. Auf der kurzen Strecke zwischen der Praxis und dem Haus, in dem sie wohnte, drehte sich Beatrice bestimmt hundert Mal um, um zu sehen, ob der fremde Mann zu sehen war und ob er sie eventuell verfolgte. Doch sie konnte ihn nicht entdecken und war erleichtert, als sie an ihrer Wohnung ankam. Was dieser Fremde jedoch erreichte war, dass sich Beatrice nicht mehr traute, ihre täglichen Joggingausflüge zu unternehmen. Sowie sie zuhause war, sperrte sie ihre Wohnungstür zweimal zu aus Angst, er könnte sie überfallen. Denn an seine Liebe zu ihr wollte und konnte sie nicht glauben. Doch begründen konnte sie es nicht, es war nur so ein Gefühl, das sie beschlichen hatte und sie ängstigte.

Als sie am nächsten Morgen erwachte schien die Sonne direkt auf ihr Bett. Als sie die Decke zurückschlug, um aufzustehen, war es ihr, als ob sie den Fremden auf dem Gerüst, das um das Nachbarhaus aufgestellt worden war, gesehen hätte. Dort wurden zurzeit größere Renovierungsarbeiten vorgenommen. Direkt in ihr kleines Schlafzimmer hatte er geschaut und sie beobachtet.

Panikartig rannte Beatrice aus ihrem Schlafzimmer und schloss sich im Badezimmer ein. Ihr Herz klopfte so laut, dass man es durch die Tür hören konnte.

,Was soll ich nur machen?'
überlegte sie krampfhaft.

,Wieso glaubte ihr keiner, dass dieser Mann gefährlich ist?'

Es dauerte lange, bis Beatrice sich wieder so gefestigt hatte, dass sie sich für die Arbeit zurecht machen konnte.

Als sie das Haus verließ, sah sie sich erst vorsichtig um und rannte dann so schnell sie konnte zur Praxis. Sie stürmte durch die Tür und lief zu ihrem Schreibtisch. Daniel, der schon auf sie gewartet hatte, reagierte etwas ungehalten.

„Was ist nur los mit dir? So kann das nicht weitergehen."

„Er hat mich beobachtet",
flüsterte Beatrice so leise, als ob sie Angst hätte, der unbekannte Fremde könnte sie hören.

„Auf dem Gerüst gegenüber hat er gestanden und in mein Schlafzimmer geschaut. Ich weiß nicht wie lange er da war, aber als ich aufstehen wollte, habe ich ihn durchs Fenster gesehen."

Daniel sah sie nachdenklich an.

„Das nimmt wirklich sonderbare Formen an, Beatrice. Vielleicht trügt dich dein Gefühl wirklich nicht, und du solltest doch zur Polizei gehen. Glaubst du, dass du den heutigen Tag noch arbeiten kannst und dass du erst nach der Arbeit zur Polizei gehen solltest?"

Beatrice nickte ihm dankbar zu.

„Ja, hier fühle ich mich sicher."

„Gut, Beatrice, dann beginnen wir mit der ersten Patientin."

In dem Moment wurde die Tür geöffnet und eine Patientin mit einem riesigen Rosenstrauß in ihren Händen betrat die Praxis.

„Der lag draußen vor der Tür, da dachte ich, den nehme ich mal gleich mit herein."

An Beatrices entsetzten Augen konnte Daniel erkennen, dass es jetzt besser war, nichts zu sagen. Sie war vor Angst in Panik. Wieder lag ein kleines Kärtchen bei den Rosen und wieder stand darauf:

‚Für die für mich schönste Frau des Universums.'

Aber es stand noch ein Zusatz darauf:

‚Es wird nicht mehr lange dauern, und dann gehörst du mir allein.'

Beatrice schrie leise auf.

„Ich fahre dich heute Abend selbst zur Polizei",

entschied Daniel, und Beatrice sah ihn dankbar an. Mit Daniel zusammen hatte sie keine Angst mehr vor dem unbekannten Mann, der ihr so große Furcht einjagte.

Sofort nach Feierabend hatten sich Daniel und Beatrice zur Polizeidienststelle ihres Stadtteils begeben und den diensthabenden Polizisten geschildert, was sich in den letzten Tagen abgespielt hatte. Dort erfuhren sie, dass Beatrice nicht die erste Frau war, die sich wohl von demselben Mann bedroht fühlte und dass schon mehrere Frauen Anzeige gegen ihn erstattet hatten. Leider war die Polizei noch nicht in der Lage gewesen, den Mann ausfindig zu machen. Dieser Mann ging immer auf die gleiche Art und Weise vor. Er sprach alleinstehende Frauen an und verfolgte sie. Mit der Zeit wurde es so schlimm, dass die Frauen Angst bekamen. Auch ihnen schickte er täglich rote Rosen mit einer kleinen Karte, auf der stand:

,Für die für mich schönste Frau des Universums.'

„Und was passiert dann?"

Die ängstlichen Augen Beatrices waren groß und fragend auf den Polizisten gerichtet.

„Normalerweise hört er in dem Moment auf, die Frauen weiter zu verfolgen, in dem er erkannt hat, dass sie zur Polizei gegangen waren, um ihn anzuzeigen."

„Dann hätte ich ja jetzt Ruhe vor ihm?"

„Es kann sein, aber ich weiß es nicht. Schließlich kann ich mich nicht in ihn hinein versetzen."

„Vielen Dank für Ihre Hilfe."

„Gern geschehen, aber sollte er doch nicht aufhören, kommen Sie bitte sofort wieder."

„Ja, das werden wir tun."

Daniel nahm Beatrices Arm, und gemeinsam verließen sie das Polizeirevier.

„Ich fahre dich nach Hause, damit er, falls er dich beobachtet, sieht, dass du nicht alleine bist, sondern dass man dich beschützt."

Dankbar sah Beatrice ihren Chef an und dachte für sich:

,Welcher Chef würde das für seine Angestellte tun?`

„Hier wohne ich."

Nach einer kurzen Fahrt unterbrach Beatrice Daniels Gedanken.

„Dort oben, im zweiten Stock ist meine Wohnung."

„Soll ich dich hinauf begleiten, Beatrice?"

Für einen Moment zögerte sie, doch dann sah sie Daniel dankbar an.

„Gerne, bitte komme mit hinauf."

Vor ihrer Wohnungstür verabschiedeten sich Beide.

„Soll ich dich morgen früh abholen? Würdest du dich vielleicht sicherer fühlen, wenn ich käme?"

„Nein, vielen Dank, Daniel, aber ich glaube, das ist nicht nötig. Die Polizisten sagten doch, dass er damit aufhört, wenn man zur Polizei geht. Vielleicht hört der Spuk ja jetzt auf."

„Ist gut, Beatrice, aber solltest du ihn sehen, rufst du mich sofort an, versprochen?"

„Danke, Daniel, und gute Nacht."

„Gute Nacht, Beatrice."

Schon fast an der Treppe angekommen, rief Daniel ihr hastig zu:

„Beatrice, bitte denke daran, dass du dein Schlafzimmerfenster schließt und die Vorhänge zuziehst."

„Danke, Daniel. Das mache ich."

Langsam ging Daniel die Treppen hinunter, und vor ihrer Haustüre versicherte er sich, dass kein fremder, ihm unbekannter Mann in der Nähe war. Erst dann fuhr er beruhigt nach Hause.

So schnell sie konnte, duschte Beatrice und zwang sich später, eine Kleinigkeit zu essen, obwohl sie fast keinen Bissen hinunter bekam. Als es dunkel wurde, schaltete sie kein Licht an, aus Angst, er könnte sie von außen beobachten. Unruhig wanderte sie in ihrer kleinen Wohnung umher und fand keine Ruhe. Selbst den Fernseher getraute sie sich nicht anzumachen, aus Angst, sie könnte ein Geräusch überhören und er würde auf einmal vor ihr stehen.

Auch als sie später in ihrem Bett lag, fand sie keinen Schlaf. Immer wieder schreckte Beatrice hoch, und bei jedem Geräusch entfuhr ihr ein leiser Schrei. Die Leuchtreklamen, die an den Häusern gegenüber angebracht waren, warfen durch die zugezogenen Gardinen unruhige Bilder auf ihr Bett und erschreckten sie. Erst gegen Morgen fiel Beatrice in einen unruhigen Schlaf, aus dem sie der Wecker recht unsanft holte.

Beatrice fühlte sich wie gerädert, aber es half nichts, sie musste sich anziehen, um in die Praxis zu gehen. Gerade als sie die Wohnung verlassen wollte, klingelte es. Erschrocken fuhr Beatrice zurück. Sie zitterte am ganzen Körper aus Angst, es wäre der Fremde. Erst lautes Rufen von draußen ließ sie erkennen, dass es Daniel war, der sie abholen wollte. Erleichtert öffnete sie ihm die Tür.

„Wie war es? Hast du ihn noch einmal gesehen?"
Beatrice schüttelte ihren Kopf.
„Aber gut geschlafen hast du auch nicht, das sehe ich dir an."
„Das stimmt, Daniel. Ich habe furchtbar geschlafen. Es tut mir leid, dass man es mir ansieht."
„Macht nichts, die Hauptsache ist doch, dass er sich nicht mehr sehen gelassen hat. Komm, wir fahren zur Praxis."
Dankbar nahm Beatrice seinen Vorschlag an, die wenigen Schritte bis dorthin in seinem Auto mitzufahren.

In der Praxis angekommen, verrichtete sie ihre Arbeiten wie immer, und als die ersten Patientinnen die Praxis betraten, ahnten sie nichts von dem, was Beatrice belastete. Es sollte jedoch nicht lange dauern, bis wieder eine Patientin mit einem riesigen Strauß roter Rosen in der Eingangstür stand.

„Die lagen draußen. Ich vermute, Fräulein Beatrice, die sind für Sie."

Freudig legte sie Beatrice die Rosen auf ihren Schreibtisch und bemerkte nicht, wie Beatrice blass wurde und Tränen in ihre Augen stiegen.

„Danke, vielen Dank."

„Wollen Sie denn gar nicht wissen, von wem die sind?"

Neugierig stand die Patientin vor Beatrice und zeigte auf das Kärtchen, das an der Umhüllung der Blumen angebracht war. Beatrice schüttelte ihren Kopf und war froh, als in dem Moment Daniel aus dem Behandlungszimmer trat.

„Und ich hatte geglaubt, der Spuk wäre endlich vorbei",
stöhnte Daniel und riss die Karte ab.

„So schöne Rosen,"
jammerte die Patientin,

„welche Frau freut sich nicht über so schöne Rosen? Ich wäre froh, wenn mein Mann mir nur ein Drittel davon schenken würde, aber der denkt nicht an so etwas."

Als Daniel die Karte öffnete, fiel ein Bild heraus. Schnell steckte er es in die Tasche seines Arztkittels und hoffte, dass Beatrice es nicht bemerkt hätte. Wieder in seinem Büro holte er die Karte hervor und las die Worte:

‚Für die für mich schönste Frau des Universums.'

Dieses Mal stand noch ein Zusatz auf der Rückseite:

‚Es dauert nicht mehr lange, und dann gehörst du mir allein.'

Als Daniel das Bild aus seinem Arztkittel nahm, erschrak auch er. Es zeigte Beatrice nackt in ihrem Schlafzimmer. Da sie nicht die geringste Ahnung davon hatte, dass sie beobachtet wurde, bewegte sie sich ungezwungen in dem Raum, und nur so konnte dieses Bild entstanden sein. Es zeigte Beatrice, wie sie entspannt und nackt auf ihrem Bett lag. Ihre Hände waren wohl gerade dabei, ihren Körper und ihre wunderschönen kleinen Brüste zu streicheln. Eine furchtbare Wut stieg in Daniel hoch.

‚Was bildete dieser fremde Mann sich eigentlich ein? Eine junge Frau, die sich unbeobachtet und sicher in ihrer Wohnung fühlte, einfach nackt zu fotografieren? Dann die Frechheit zu besitzen, ihr dieses Foto zu schicken und sie so zu Tode zu ängstigen.'

Als Daniel das Bild umdrehte, erschrak er noch mehr, und die Wut in ihm stieg ins Unermessliche. Auf der Rückseite stand:

‚Bald gehörst du mir.'

Daniel überlegte fieberhaft, was er machen sollte. Würde er die Karte und das Bild Beatrice zeigen, würde es ihre Angst nur noch verstärken. Sollte er noch einmal zur Polizei gehen? Lange dachte er nach und kam zu einem Entschluss. Er würde Beatrice diese Karte und das Bild vorenthalten. Der unbekannte Fremde hatte darauf vermerkt, dass es nicht mehr lange dauern würde, bis er etwas unternehmen würde. So jedenfalls verstand Daniel die Worte, die auf der Karte und dem Bild standen. Aber andererseits, vielleicht hörte der Fremde ja doch bald damit auf, und dann hätte er Beatrice umsonst noch mehr beunruhigt? Aber die Polizei verständigte Daniel, und sie versprachen ihm, in der Straße vor dem Haus, in dem sich Beatrices Wohnung befand, nun öfter und regelmäßig Streife zu fahren.

Beatrice, die nichts von der Karte und dem Bild wusste, verrichtete ihren Dienst weiter, und als Daniel ihr am Abend vorschlug, sie wieder nach Hause zu begleiten, war sie ihm sehr dankbar.

„Ich müsste aber eine Kleinigkeit einkaufen, denn ich habe fast nichts mehr zu essen daheim."
„Gut, machen wir es zusammen."

Nachdem Beatrice alles eingekauft hatte, was sie für die nächsten Tage benötigte, brachte Daniel sie zurück zu ihrer Wohnung. Er begleitete sie bis an ihre Wohnungstür.
„Kommst du noch kurz mit hinein? Ich könnte, ich meine, wenn du willst, könnte ich uns Beiden etwas zu essen machen?"
„Das ist eine gute Idee, Beatrice."
So, als ob er zuhause wäre, legte sich Daniel auf Beatrices gemütliche Couch, verfolgte das Geschehen im Fernsehen und wartete darauf, dass sie ihn zum Essen rief.
„Du kochst gut",
lobte er sie überschwänglich während sie aßen, und Beatrice freute sich.
‚Wie nur konnte sie ihm sagen, dass sie ihn liebte?'
dachte sie insgeheim, brachte aber nicht den Mut auf, es ihm zu sagen oder zu zeigen. Anschließend saßen sie noch eine Weile zusammen, denn Daniel hatte wohl bemerkt, wie nervös und ängstlich sie war. Er hatte sich ihr Schlafzimmer zeigen lassen und auch das Gerüst, das sich am gegenüberliegenden Haus befand. Daniel konnte Beatrices Angst verstehen, und am liebsten wäre er bei ihr geblieben. Aber er getraute sich nicht, ihr diesen Vorschlag zu unterbreiten. Als er sich eine Stunde später von Beatrice verabschiedete, nahm er sie kurz in seine Arme.
„Es wird dir schon nichts passieren. Versuche bitte, diese Nacht etwas zu schlafen, versprochen?"
Beatrice nickte ihn dankbar an.
„Ich werde es versuchen, vielen Dank, Daniel."
Sie fühlte sich beschützt und geborgen in seinen Armen und hätte ihn am liebsten gebeten, zu bleiben.

Aber genau wie Daniel, traute auch sie sich nicht, ihm diesen Vorschlag zu unterbreiten und ließ ihn schweren Herzens gehen.

Kapitel 7

Während Beatrice und Daniel sich mit dem Problem ‚unbekannter Mann' auseinander setzen mussten, schlug sich Martin weiter mit dem Problem des ‚Veruntreuers' der Firma herum. Während der letzten Wochen hatte es keine Unterschlagungen mehr gegeben, und Martin hatte schon geglaubt, die Sache wäre erledigt, aber er hatte sich geirrt. Wieder häuften sich die Vorfälle der unbekannten Abbuchungen von Firmenkonten, die niemand verstand und die der Firma großen Schaden zufügten. Der alte Buchhalter, der schon seit vielen Jahren für sie arbeitete und dem nicht nur Martin sondern auch Nathalies Vater vollkommen vertrauten, war fassungslos.

„Diese Buchungen sind so geschickt getarnt, dass ich noch nicht einmal weiß, wo ich ansetzen soll, um heraus zu finden, wohin sie gehen. Es scheint so, als ob unser Firmencomputer manipuliert wurde. Aber das herauszufinden, ist Arbeit für einen Profi. Ich habe meinen Stellvertreter Frank damit beauftragt, heute nichts anderes zu tun, als heraus zu bekommen, wer diese Überweisungen in unserer Firma tätigt. Frank ist der Beste, den wir dafür in unserer Firma haben."

„Aber Sie haben ihm nichts von unserem Verdacht erzählt, dass es eventuell jemanden in der Firma gibt, der Firmengelder veruntreut?"

„Nein, natürlich nicht, ich habe Frank gesagt, dass es Falschbuchungen gegeben hat, die wir unbedingt finden müssen."

„Gut, ja, das ist eine hervorragende Idee. Ich möchte nämlich, dass nur wir Beide über die eventuellen Veruntreuungen oder Unterschlagungen Bescheid wissen. Ich möchte auf alle Fälle verhindern, dass dieser Schurke erkennt, dass wir dabei sind, zu versuchen, ihm auf die Schliche zu kommen."

„Selbstverständlich, Martin."

Martin wusste nicht warum, aber dieser Frank war ihm äußerst unsympathisch.

‚Vielleicht lag es daran, dass er stets seinem Blick auswich und man ihm nie direkt in die Augen sehen konnte?'

sinnierte Martin, aber leider konnte er noch niemanden verdächtigen und hatte auch noch keinen konkreten Verdacht gegen eine bestimmte Person.

Außerdem hatte Martin bisher geglaubt, in dieser Richtung selbst ein Profi zu sein, doch der Veruntreuer war jedes Mal ein Stückchen schneller als er.

„Kann ich dir dabei helfen?"

fragte ihn Nathalie, als er abends völlig entmutigt nach Hause kam.

„Schließlich haben wir beide dasselbe Metier studiert, und vielleicht fällt mir etwas auf, das du eventuell übersehen hast?"

Nach einer Weile antwortete Martin:

„Ja, vielleicht hast du recht, meine Liebe, vielleicht solltest du mir dabei helfen. Aber noch will ich es alleine versuchen zu schaffen."

„Martin, bitte, ich langweile mich den ganzen Tag und könnte dir doch wirklich dabei helfen."

„Ich lasse es mir durch den Kopf gehen, in Ordnung?"

Nathalie bedachte nicht, dass, wenn sie ihm dabei half, den Übeltäter zu finden, es aussehen könnte, als ob Martin es nicht alleine schaffte und es seinem Ansehen in der Firma schaden könnte. In ihrem Übereifer ihm zu helfen, überlegte sie nur, wie sie ihn mit ihrem fundierten Wissen dabei unterstützen könnte.

‚Hätte ich doch nur einen eigenen Laptop'
hatte sie schon mehr als einmal gedacht, wenn sie
gelangweilt auf ihrer Couch in dem kleinen Apartment
lag. Sie kannte von ihren täglichen Spaziergängen
schon die ganze Nachbarschaft, und es reizte sie
nicht mehr, die Läden in der Umgebung zu erkunden.
Auch das stets gleiche Fernsehprogramm, das sie am
Anfang noch interessiert hatte, langweilte sie nun.
‚Wenn ich doch nur jemanden hätte, mit dem ich
reden könnte, '
dachte sie manches Mal sehnsuchtsvoll. Doch ihre
beste Freundin war weit weg, und da sie sehr viel
reiste, war es schwierig, mit ihr zu telefonieren.
Daniel, der Einzige, den sie in dieser Stadt kannte,
war beruflich derart eingebunden, dass auch er keine
Zeit hatte, sich gelegentlich mir ihr zu treffen.
Außerdem wollte Nathalie es auch nicht mehr. Sie
hatte Angst, dass sie sich wieder in ihn verlieben
könnte, und das wollte sie nicht. Sie war glücklich,
dass sie und ihr Mann Martin auch in Sachen Sex
zueinander gefunden hatten, und das konnte und
wollte sie nicht aufs Spiel setzen. Außerdem wusste
Nathalie, dass ihr Besuch nur ein kurzes Gastspiel
war und sie sofort nachdem Martin den Betrüger
entlarvt hatte, wieder für immer in ihre norddeutsche
Heimat zurückkehren würden.
Als Martin an diesem Abend nach Hause kam, war er
müde und enttäuscht. Wieder war es ihm nicht
gelungen, dem Betrüger, der nach und nach die
ganze Firma ausraubte, auch nur einen Schritt näher
zu kommen.

Später am Abend lagen sie gemeinsam in ihrem Bett,
und Nathalie hatte sich ganz eng an ihren Mann
geschmiegt.
„Ich bin so froh, dass es dich gibt."
„Und ich erst, dass es dich gibt."

antwortete Martin,

„jetzt erst fange ich an zu begreifen, wie sehr ich dich liebe."

Langsam drehte er sich über sie und küsste sie zärtlich. Nathalie erwiderte seinen Kuss und spielte mit seiner Zunge in ihrem Mund, bis ihr Mann laut aufstöhnte.

„Oh, Nathalie, du machst mich verrückt."

Seine Hände schoben sich unter das leichte T-Shirt, das sie anstelle eines Nachthemdes trug, und massierten sie. Dann kniete er sich über ihren Bauch und hob ihr das T-Shirt über den Kopf und zog es aus. Nackt lag sie unter ihm. Martin musste sich zurückhalten, um sie nicht sofort zu besteigen. Zärtlich nahm er wieder ihre Brüste in seine Hände und massierte sie leicht, so wie Nathalie es liebte. Dabei sah er ihr tief in ihre Augen. Sein mittlerweile hartes Glied lag auf ihrem Bauch, und Nathalie streichelte seine Eichel und rieb die kleine Spalte, bis sich die ersten Lusttropfen gebildet hatten. Genüsslich leckte sie anschließend ihren Finger ab und wand sich ein wenig unter ihm.

„Rutsch höher, bitte Martin, rutsche ein wenig höher, damit ich deine Eichel lecken kann."

Doch Martin rutschte nur so weit nach oben, bis er seinen dicken Schwanz zwischen ihre Brüste legen konnte. Dann presste er sie zusammen und fickte sie dazwischen. Seine Lippen pressten sich zusammen, und Nathalie befürchtete, dass er jeden Moment abspritzen würde.

„Höher, Martin, höher, bitte, lass mich ihn saugen."

„Du willst mir einen blasen?"

In solchen Momenten brauchte Martin solche Worte, um sich noch heißer zu machen und so noch mehr Lust zu verspüren.

„Ich will ihn nicht blasen, ich will ihn lutschen, lecken und schlucken. Bitte Martin, bitte."

Doch es war zu spät. Bevor ihr Martin den Wunsch erfüllen konnte, spritzte sein Schwanz ab und schleuderte sein Sperma gegen ihren Hals und in ihr Gesicht. Überall lief es herab, und Nathalie versuchte mit ihren Fingern, soviel wie möglich davon in ihren Mund zu schieben. Als sich Martin über ihr ein wenig beruhigt hatte, beugte er sich nach vorne und leckte ihren Hals und ihr Gesicht ab, und befreite sie so von seinem Samen.

„Schmeckt es dir?"
frotzelte Nathalie unter ihm.

„Noch nicht einmal das gönnst du mir."

„Dann nimm es dir",
antwortete Martin und steckte ihr seine Zunge tief in ihren Mund. Heftig saugte sie daran, aber sie war nicht zufrieden.

„Du hast ja schon alles herunter geschluckt und mir nichts mehr übrig gelassen."
Eng umschlungen lagen sie anschließend nebeneinander.

„Warum magst Du den Ausdruck ‚blasen' nicht? Irgendwie reagierst du immer abwehrend dagegen?"

„Blasen",
entgegnete Nathalie leicht verächtlich.

„Was bedeutet denn blasen? Soll ich Dir wirklich einen blasen? Komm, ich zeige dir, wie blasen geht."
Mit diesen Worten beugte sie sich über Martin und nahm dessen Penis in ihre Hände. Dann prustete sie Luft über seine Eichel.

„Was machst du da, Nathalie?"
Ungläubig sah Martin seiner Frau zu, wie sie ihm kühle Luft aus ihrem Mund auf seinen Penis blies.

„Ich blase dir einen. Ist das nicht das, was du wolltest?"

Martin musste laut lachen.

„Ach so, ja, natürlich."
Wieder befiel ihn ein lauter Lachanfall.
„Wer immer das Lutschen eines Schwanzes ‚blasen'
getauft hat, hatte keine Ahnung von was er eigentlich
sprach, "
stellte Nathalie zufrieden fest.
„Ich auf alle Fälle blase dir keinen, sondern lutsche
und sauge dein Glied. Und, mein lieber Martin, wenn
du willst, dass ich das mache, dann sag das auch,
oder ich blase dir wieder nur kühle Luft aus meinem
Mund darauf."
Fest umschlang Martin sie.
„In Ordnung, meine kleine Frau, ich habe es
verstanden."
Zärtlich küsste er ihren Mund, und sie öffnete ihn
bereitwillig für seine Zunge, die erneut Einlass
forderte. Dieses Mal wurde Nathalie unruhig.
„Ich will dich in meinem Hintern spüren, bitte Martin,
oder bist du schon zu müde, um noch ein bisschen mit
meinem Körper und mit mir zu spielen?"
„Dafür bin ich nie zu müde."
Dieses Mal waren seine Lippen hart und fordernd und
zeigten Nathalie, dass ihre Worte ihn aufs Neue erregt
hatten.

„Dreh dich um",
stöhnte Martin in ihren Mund,
„zeig mir deinen süßen Arsch."
„Nein, nicht so, ich will auf dem Rücken liegen
bleiben, und ich will dich so in meinem Hintern haben,
bitte."
„Das haben wir noch nie gemacht, ich weiß nicht, ob
das geht."
„Und während du in meinem Hintern bist, verwöhnst
du meinen Kitzler mit deinen Fingern, bitte, Martin",
bettelte Nathalie weiter und ignorierte seine
Bedenken.

Sie öffnete eine Schublade ihres Nachttisches und holte die Dose, die das Gleitgel enthielt, heraus.

„Gib mir deinen Penis, ich creme ihn ein."

„Aber zart, Nathalie, nicht so fest, sonst spritzt er gleich wieder."

Mit den Fingern einer Frau, die es nicht zum ersten Mal machte, rieb sie vorsichtig seine Eichel und den Schaft seines harten Gliedes ein. Anschließend legte sie sich auf ihren Rücken, legte ein Kissen unter ihren Hintern und zog ihre Beine an ihre Brust.

„Ich halte deine Beine nach hinten, und du zeigst meinem Schwanz den Weg in deinen Arsch",

stöhnte Martin bei ihrem Anblick.

„Und du verwöhnst dabei meinen Kitzler."

Martin, der sich einfach nicht satt sehen konnte an der weit offenen Scham seiner Frau, spürte, wie sie nach unten griff und seinen steifen Penis an das enges Loch ihres Hinterns führte. Um es seinem Schwanz zu erleichtern, drückte er ihre Oberschenkel weit nach außen und dehnte so ihre Pobacken weit auseinander. Dabei öffnete sich auch ihr enges, gerunzeltes Loch dazwischen etwas. Obwohl er ganz sanft zustieß, stöhnte Nathalie doch laut auf, als seine dick geschwollene Eichel sich durch die enge Öffnung bohrte. Als der anfängliche Schmerz etwas nachließ und sich in ein wohliges Gefühl verwandelte, stöhnte Nathalie noch einmal auf. Doch Martin erkannte, dass es ein Stöhnen der Lust war und es ihn aufforderte, sie tief in ihren Arsch zu ficken.

Während sein Schwanz sich in ihrem Hintern austobte, ergriffen zwei Finger seiner rechten Hand ihren Kitzler, der aus ihren äußeren Schamlippen hervor lugte. Ganz zart begann er ihn zu massieren, und als er spürte, dass sein Glied in ihrem Hintern soweit war, um abzuspritzen, massierte er auch ihre Klitoris zum gewünschten Höhepunkt. Beide kamen gleichzeitig, und um ihre gegenseitigen Lustschreie zu unterdrücken, presste er seine Lippen auf ihre, und so stöhnten sie ihre Lusterfüllung in den Partner hinein.

Nach einer Weile zog Martin glücklich lächelnd langsam seinen mittlerweile wieder erschlafften Penis aus ihrer dunklen Höhle.

„Du machst mich so glücklich, meine liebe Nathalie."

„Du mich auch, Martin. Ich liebe dich."

„Ich dich auch. Gute Nacht, Nathalie."

„Gute Nacht, Martin."

Eng umschlungen schliefen sie ein, und Martin vergaß für einige Stunden seine großen Sorgen um die Firma.

Als sie am nächsten Morgen erwachten, regnete es heftig.

„Das Wetter ist genauso schlecht wie meine Laune", brummte Martin und wollte nicht aufstehen.

„Kann ich nicht einfach im Bett bleiben, hier bei dir?"

„Nimm dir doch einfach heute frei und bleib da", murmelte Nathalie. Dabei schob sie sich näher zu ihm, und ihre Hand ging auf Suche unter der Bettdecke.

„Was machst du da? Nathalie, bitte, Nathalie, " aber es war zu spät.

Nathalie hatte seinen Penis genommen und streichelte ihn sanft auf und ab. Dabei glitten ihre Fingerkuppen der einen Hand zärtlich über seine Eichel, während die andere Hand den Schaft auf und ab rief. Dann stülpte sie ihre Lippen über seine Eichel und fing an, an ihr zu saugen. Selbst wenn Martin es gewollt hätte, könnte er seinen Schwanz nicht mehr davon abhalten, sein kostbares Gut in den Mund seiner Frau zu schleudern. Als er die Bettdecke anhob, um ihr dabei zuzusehen, wie sie sein hartes Glied mit ihrem Mund verwöhnte, sah er nur ihren nackten Hintern vor sich. Nathalie hatte sich schnell umgedreht, um zu verhindern, dass er ihr seinen Penis eventuell aus dem Mund ziehen würde.

„Nathalie, oh, Nathalie,'
stöhnte Martin. Er genoss den Anblick ihres nackten Hinterns vor seinen Augen und das Gefühl ihrer Finger und ihres Mundes an seinem Glied. Erregt versuchte er, mit seinen Fingern an ihre Scham zu gelangen. Als Nathalie es bemerkte, spreizte sie ihre Beine etwas und erleichterte ihm die Suche nach ihrem Kitzler. Zusätzlich bewegte sie sich ein wenig zu seinem Gesicht, damit er ihre nackte Scham nicht nur befühlen, sondern auch ansehen konnte.

„Nathalie, ah, Nathalie, ja,"
stöhnte er unter ihr und drückte ihren Körper tiefer auf sein Gesicht. Genussvoll versteckte er sein Gesicht in ihrer Scham und stöhnte voller Lust, während seine Zunge zwischen ihren Schamlippen auf und ab glitt.

„Nathalie, ah, Nathalie, dein Geruch macht mich verrückt."
Nathalie, die gerade dabei war, seine Liebestropfen mit ihrer Zunge aus der Spalte seiner Eichel zu lecken, stöhnte kurz auf.

„Nimm meinen Kitzler, bitte Martin, ich will mit dir zusammen kommen. Lecke ihn, fester, Martin, bitte."

Martin hob ihren Unterleib etwas an, um besser an ihren Kitzler zu kommen. Der Anblick ihrer Scham und ihrer feuchten Scheide erregten ihn so, dass sich sein Kopf wie wild hin und her und auf und ab bewegte und seine Zunge so die Innenseiten ihrer Schamlippen ableckten. Nathalie vergaß für einen Moment, weiter an seinem Glied zu lecken und gab sich ganz seiner Zunge hin und dem Gefühl, das sie ihrem Körper bescherte.

„Lutsch ihn weiter, bitte Nathalie, nicht aufhören."
Das Stöhnen von Martin und der flehentliche Ton ließen Nathalie erneut nach seinem Penis greifen.

Während sich die Zunge von Martin zwischen ihren Schamlippen austobte, begann Nathalie erneut, die Eichel mit ihrer Zunge zu verwöhnen. Sein harter Schaft pulsierte, und dann konnte sich sein Schwanz nicht mehr zurückhalten und spritzte Nathalie seine gesamte Ladung in ihren bereitwillig geöffneten Mund. Martin stöhnte laut und anhaltend seinen Orgasmus in den Raum, um dann mit seinen Fingern ihren Kitzler so lange zu massieren, bis auch Nathalie leicht aufschrie und ihren Orgasmus kundtat. Anschließend fiel sie über ihm zusammen, und er bettete sein Gesicht in ihren feuchten Genitalien.

„So könnte ich den ganzen Tag verbringen",
murmelte Martin und leckte ihre Schamlippen.

„Mh, Nathalie, lecker, was für ein Frühstück."

„Mein Frühstück war viel reichhaltiger",
antwortete Nathalie lachend.

Schnell küsste sie sein erschlafftes Glied und erhob sich von Martin.

„Gehen wir zusammen duschen?"

„Gerne, aber ich kann für nichts garantieren."

Doch als sie gemeinsam unter der Dusche standen, hatte sie das Thema ‚Firma' schon wieder eingeholt.

Nachdem sie ausgiebig gefrühstückt hatten, küsste ihn Nathalie zum Abschied.

„Du schaffst das, Martin. Ich weiß, dass du es schaffen wirst."

„Danke, Nathalie, danke, dass du an mich glaubst."

Eine letzte Umarmung, und Martin machte sich auf den Weg, um in der Firma wieder einmal nach dem Veruntreuer zu fahnden.

Kapitel 8

Als Beatrice an diesem Morgen die Vorhänge an ihrem Schlafzimmerfenster vorsichtig zurückschob, sah sie, dass es regnete. Niemand war auf dem gegenüberliegenden Gerüst zu sehen. Erleichtert begab sie sich in ihr Badezimmer und bereitete sich auf einen neuen Arbeitstag vor.

‚Sollte der Spuk wirklich vorbei sein?'

Als sie ihr Haus verließ, um zur Praxis zu gehen, war weit und breit nichts von ihrem Verfolger zu sehen. Beschwingt betrat sie die Praxisräume und als Daniel erschien, lachte sie ihn glücklich an.

„Er hat sich nicht blicken lassen."

„Gut, dann würde ich sagen, wir haben es geschafft."

Beide lachten und begaben sich an die Arbeit. Doch die Freude währte nicht lange. Ungefähr eine halbe Stunde später betrat eine junge Frau die Praxis, die einen noch größeren Rosenstrauß als die anderen, die an den Tagen zuvor vor die Eingangstür der Praxis gelegt worden waren, in den Händen hielt.

„Dieser wunderschöne Strauß lag draußen vor der Tür, und ich dachte mir, der ist bestimmt für Sie gedacht."

Damit überreichte sie Beatrice den Strauß. Mit bleichem Gesicht nahm Beatrice ihn entgegen, und als sie die kleine Karte, die wie immer daran hing, öffnete, fiel ihr ein Foto entgegen. Es zeigte sie nackt in ihrem Schlafzimmer. Beatrice schrie auf und ließ das Foto samt den Rosen fallen.

Durch Beatrices Schrei alarmiert, stürmte Daniel aus seinem Behandlungszimmer. Er sah die Rosen auf dem Boden und nahm die Karte auf. Darin standen die wohlbekannten Worte:

‚Für die für mich schönste Frau des Universums.'

Wütend warf er die Karte zu den Rosen auf den Boden und sah erst dann, dass Beatrice ein Bild in ihren Händen hielt. Schnell wollte sie es vor ihm verbergen, aber er hatte es gesehen.

„Was ist das, Beatrice, bitte, was hat er getan?"

Zögernd holte sie das Bild hinter ihrem Rücken hervor und zeigte es ihm. Dabei bemerkte sie erst jetzt, dass etwas auf der Hinterseite stand:

‚Du gehörst mir allein.'

Wieder schrie Beatrice laut auf. Daniel ergriff, ohne ein Wort zu sagen, das Telefon und rief sofort die Polizei an. Während sie darauf warteten, dass diese eintreffen würden, musste Daniel nicht nur die Patientin beruhigen, die die Rosen herein gebracht hatte, sondern auch Beatrice, die kurz vor einem Nervenzusammenbruch stand.

„Bitte nicht das Bild der Polizei zeigen, bitte Daniel, bitte."

Daniel verstand, dass Beatrice nicht wollte, dass die Polizisten sie nackt sehen konnten und versprach, es zu versuchen.

Als die Polizei kurze Zeit später eintraf, war Beatrice erleichtert. Es waren zwei Polizistinnen, und sie gingen sehr erfahren und behutsam mit ihr um. Bisher hatte der Fremde sich nie gewagt, den Frauen, die er oft monatelang belästigte, näher zu treten. Anscheinend aber hatte ihn Beatrice so beeindruckt, dass er bereit war, für sie weiter zu gehen.

„Leider können wir Sie nicht Tag und Nacht beobachten. Haben Sie Freunde, bei denen Sie vielleicht für einige Zeit unterkommen könnten?"

Beatrice verneinte. Bisher hatte sie keine richtigen Freunde in der Stadt gefunden. Ihre Freunde lebten weit weg.

„Sie kann bei mir wohnen",
hörte sie plötzlich die Stimme von Daniel.

„Natürlich, Beatrice, du kommst mit zu mir. Warum habe ich nicht schon gestern daran gedacht? Meine Wohnung ist groß genug."

„Dann ist ja alles erledigt, aber sowie sich dieser Mann noch einmal bei Ihnen meldet, rufen Sie an, versprochen?"

Beatrice nickte den beiden Polizistinnen dankbar zu.

Der restliche Tag verlief ohne weitere Vorkommnisse, doch jedes Mal, wenn sich die Tür zur Praxis öffnete, zuckte Beatrice zusammen.

Nachdem sie die Praxis am Abend geschlossen hatten, begleitete Daniel Beatrice zu ihrer Wohnung. Dort packte sie einige Sachen für die nächsten Tage ein. Dann fuhren sie bis zum äußersten Ende der Stadt, wo sich die Wohnung von Daniel befand. Sie war riesig, und Beatrices Zimmer verfügte nicht nur über ein eigenes Badezimmer, sondern auch über einen begehbaren Kleiderschrank.

‚Schade, dass ich hier nur Gast bin,'
dachte sie traurig.

Nachdem sie geduscht und sich umgezogen hatte, suchte sie die Küche und fand Daniel, wie er gerade das Essen zubereitete.

„Kann ich dir helfen?"
fragte sie leise, ängstlich darauf bedacht, ihn nicht allzu sehr zu stören. Schließlich war er es gewohnt, alleine zu leben.

„Danke, Beatrice, aber es ist schon fertig. Ich hoffe, du hast Hunger?"

Beatrice nickte dankbar, und sie aßen schweigsam. Nachdem sie gemeinsam gespült hatten, zog sich

Beatrice auf ihr Zimmer zurück und lag lange auf ihrem Bett, ehe sie endlich nach Stunden einschlafen konnte.

Währenddessen saß Daniel auf seiner Couch im Wohnzimmer und hing seinen Gedanken nach. Das Bild von Beatrice ging ihm nicht aus dem Kopf. Bisher hatte er sie nur als seine Angestellte betrachtet, aber plötzlich sah er in ihr eine Frau, die er unbedingt beschützen musste.

‚Wie nur hat sie die ganze Zeit ihren wunderschönen Körper vor mir versteckt?'

dachte er immer wieder. Beatrice trug in der Praxis weiße Hosen und weiße T-Shirts, und nie hatte er sich Gedanken darüber gemacht, wie sie darunter aussah. Es hatte ihn nicht interessiert bis zu dem Tag, als er ihr Nacktfoto gesehen hatte.

Etwas begann in Daniel zu wachsen, das er so bisher noch nicht gespürt hatte. Ein warmes, ein sehr warmes Gefühl für einen Menschen, der ihn gerade sehr brauchte. Und dieses Gefühl tat Daniel gut. Am liebsten hätte er Beatrice sofort in seine Arme genommen und sie so vor dem Mann beschützt, der sie so quälte. Eine ungeheure Wut auf diesen Menschen kam in ihm hoch, und er schwor sich, Beatrice mit aller ihm zur Verfügung stehenden Kraft und Mittel vor diesem Mann zu beschützen.

Auch Martin hatte sich geschworen, den Mitarbeiter, der die Firma schamlos ausnutzte, unbedingt zu fassen. Den ganzen Tag über hatte er recherchiert und die Dateien im Computer durchsucht. Doch als er abends nach Hause kam, war er noch immer keinen Schritt voran gekommen. Nathalie sah es ihm an und tröstete ihn, so gut sie konnte. Keiner der Beiden hatte heute Abend Lust auf Sex, und so lagen sie nebeneinander in ihrem breiten Bett und spendeten sich so Trost.

„Ich habe dir angeboten zu helfen",
erinnerte ihn Nathalie an das gestrige Gespräch.
„Ich weiß, meine Liebe, ich weiß. Ich glaube, ich
werde auch bald darauf zurück kommen."
Aus seinen Worten erkannte Nathalie, wie besorgt er
war und schwor sich, ihn auf jeden Fall bei seinen
Bemühungen um Aufklärung zu unterstützen.
„Darf ich mir einen Laptop kaufen?"
„Wozu willst du einen Laptop?"
Erstaunt hob Martin seinen Kopf.
„Dann kann ich unabhängig von dir auch einmal
tagsüber mit meinen Freunden zuhause chatten und
bin nicht mehr so furchtbar alleine."
Bisher musste Nathalie immer damit warten, bis
Martin nach Hause kam, um dann seinen Computer
zu benutzen. Meistens war es dann aber schon so
spät, dass die Freunde und ihre Eltern zuhause schon
längst schliefen.
„Ach, mein Schatz, daran habe ich überhaupt nicht
gedacht. Es tut mir so leid, aber weißt du, es gibt
einige Laptops in der Firma, die nicht genutzt werden.
Morgen bringe ich dir einen davon mit,
einverstanden?"
„Du bist ein Schatz, Martin. Ich liebe dich, gute
Nacht."
„Ich dich auch, Nathalie, gute Nacht."
Mit einem innigen und warmen Kuss beendete das
Ehepaar ihr Gespräch, und Beide schliefen schon
nach kurzer Zeit ein.

Der Morgen graute, und Beatrice tat sich schwer, aus
ihren tiefen Träumen aufzuwachen. Der Wecker
neben ihrem Bett klingelte immer lauter, und endlich
wurde ihr bewusst, sie musste aufstehen. Durch das
große Fenster gegenüber ihrem Bett konnte sie
erkennen, dass die Sonne gerade aufging und es Zeit
wurde, aufzustehen und zu duschen. Warm lief das

Wasser über ihren Körper, und mit Freude dachte sie dabei an Daniel, den sie gleich wiedersehen würde. Gestern Abend hatte er sie so seltsam angesehen, dass es ihr ganz warm ums Herz geworden war. Immer wieder musste sie daran denken.

‚Sollte er endlich erkannt haben, dass sie nicht nur eine Sprechzimmergehilfin, sondern auch eine Frau war?'

Ein wenig Hoffnung keimte in Beatrice hoch, und sie verdrängte den Gedanken an den fremden Mann, der sie verfolgte. Sie war als Erste in der Küche und fing an, das Frühstück für sich und Daniel zu bereiten. Er kam genau richtig und genoss es sichtlich, so verwöhnt zu werden.

„Davon habe ich schon immer geträumt‘,
seufzte er zufrieden.

„Wovon hast du schon immer geträumt?"

„Dass ich morgens aufwache, und nachdem ich geduscht habe und anschließend in die Küche komme, das Frühstück schon fertig auf dem Tisch steht."

Eigentlich hatte Daniel sagen wollen, dass es schön wäre, zusammen mit einer Frau aufzustehen und das Frühstück gemeinsam einzunehmen. Aber er getraute sich nicht, es Beatrice zu sagen. Er hatte Angst, dass sie befürchten müsste, nun von ihm belästigt zu werden. Hätte Daniel geahnt, wie es in Beatrice aussah, wären beide Menschen nicht mehr derart einsam und allein und würden bestimmt nicht in getrennten Schlafzimmern ihre Nächte verbringen.

Auf dem Weg zur Arbeit verspannte sich Beatrice zusehends. Mit beruhigenden Worten versuchte Daniel, ihr die Angst zu nehmen, aber es war offensichtlich, dass sie überhaupt nicht mitbekam, was er zu ihr sagte. Kaum dass Daniel sein Auto geparkt hatte, lief Beatrice in das Haus und warf die Tür der Praxis hinter ihr zu. Erst da wurde sie wieder ruhiger.

„Entschuldige bitte, Daniel, aber ich habe solche Angst."

„Ist schon gut, Beatrice, ich verstehe dich ja."

Es war wie immer. Als die erste Patientin des Tages die Praxis betrat, hielt sie einen riesigen Rosenstrauß in ihren Armen.

„Der lag vor der Tür",

sagte sie lächelnd und übergab ihn Beatrice. Die hatte nur Augen für das Kärtchen, das sich an dem Papier befand, in das die Rosen eingewickelt waren. Außen auf dem Kärtchen standen die wohlbekannten Worte:

‚Für die für mich schönste Frau des Universums.'

Beatrice fing an, unkontrolliert zu weinen und die Patientin, die die Rosen mitgebracht hatte, erschrak.

„Was ist los, um Himmels Willen, Fräulein Beatrice, was ist los?"

Daniel, der die erschreckten Ausrufe von seinem Büro aus gehört hatte, stürmte ins Vorzimmer. Als er die Rosen entdeckte, wurde er wütend.

„Gibt er denn niemals auf?"

Er hob das Kärtchen, das Beatrice fallen gelassen hatte, auf und versuchte sofort, es vor ihren Augen zu verbergen.

„Was ist Daniel? Was steht noch da?"

Sie riss es ihm aus der Hand und weinte laut auf. Auf der Innenseite war ein Bild von ihr, und es zeigte sie nackt auf ihrem Bett, als sie sich gerade zwischen ihren Schamlippen streichelte. Sie hatte ihre Beine leicht angewinkelt und weit gespreizt. Dabei lag ein Lächeln um ihre Lippen.

Beatrice brach zusammen, und es dauerte eine Weile, bis Daniel sie wieder etwas beruhigt hatte.

„Es ist gut, Beatrice, es ist gut. Er ist bestimmt verärgert, weil er dich nicht mehr beobachten kann. Lass es gut sein, Beatrice, bitte."

Doch Beatrice weinte immer weiter, und es blieb Daniel nichts anderes übrig, als ihr etwas zur Beruhigung zu geben. Danach ging es Beatrice etwas besser.

„Bitte zeige dieses Bild nicht der Polizei, bitte Daniel, bitte."

„Ich verspreche es dir, Beatrice."

Erneut rief Daniel die Polizei, und wieder erschienen zwei Polizistinnen, die sehr beunruhigt waren. Doch als sie erfuhren, dass Beatrice keine Sekunde alleine war, fuhren sie wieder davon, nicht ohne sie gründlich zu warnen.

„Sie dürfen Beatrice keine Minute aus den Augen lassen."

„Das werde ich nicht. Sie fährt in meinem Auto von meiner Wohnung bis zur Praxis und abends wieder in meinem Auto zurück. Ich beschütze sie."

Daniel hatte das Bild, das Beatrice nackt und in einer aufreizenden Pose auf ihrem Bett zeigte, mit in sein Büro genommen. Lange betrachtete er, wie sie rücklings auf ihrem Bett lag, die wunderschönen Beine leicht gespreizt, ihre linke Hand an ihrer Brust und die rechte versteckt zwischen ihren Schamlippen. Natürlich konnte er sich vorstellen, was diese Hand gerade dort machte. Noch nie zuvor hatte er darüber nachgedacht, ob Beatrice einen Freund hätte oder nicht. Nun, da er wusste, dass sie so wie er single war, betrachtete er sie auf einmal mit anderen Augen, nämlich mit den Augen eines Mannes, der eine Frau begehrt.

Er versteckte das Bild in der Schublade seines Schreibtisches, aber nahm es zwischen Untersuchungen immer wieder hervor und betrachtete es ausgiebig. Selbst sein Schwanz reagierte, denn die laszive Pose, in der sie der Fremde beobachtet und fotografiert hatte, würde jeden Penis reizen und anschwellen lassen.

Nachdem die letzte Patientin die Praxis verlassen hatte, fuhren auch Beatrice und Daniel aus der Innenstadt in den weniger belebten Außenbezirk. „Ich glaube, wir müssten ein paar Dinge einkaufen", hörte Beatrice Daniel sagen.

„Warte bitte im Auto, ich bin gleich zurück."

„Nein, Daniel, bitte. Lass mich mit dir gehen, lass mich nicht allein."

Sofort tat es ihr leid, aber Daniel lachte.

„Natürlich, selbstverständlich kommst du mit."

Gemeinsam suchten sie nach Lebensmitteln, um sich ein leckeres Essen zu bereiten. Anschließend packten sie alles in Daniels Auto.

Beatrice hatte das ungute Gefühl, verfolgt zu werden, aber jedes Mal, wenn sie sich umdrehte, konnte sie niemanden hinter sich bemerken. Sie war froh, als sie endlich in Daniels Apartment angekommen waren.

Während sich Daniel duschte, hatte auch Beatrice sich schnell geduscht und umgezogen, und als er die kleine Küche betrat, roch es schon gut.

„Mh, Beatrice, mh, das riecht richtig lecker. Was gibt es denn?"

„Eine Überraschung. Bitte ruh dich noch ein wenig im Wohnzimmer aus, und ich rufe dich, wenn das Essen fertig ist."

Gehorsam folgte Daniel ihren Anweisungen und als sie beide eine halbe Stunde später das leckere Essen zu sich nahmen, lobte Daniel sie anerkennend.

„Du bist nicht nur eine perfekte Assistentin in meiner Praxis, Du bist auch eine wunderbare Köchin. Der Mann, der dich einmal bekommt, kann sich glücklich schätzen."

Bei diesen Worten Daniels lief Nathalies Kopf rot an, und sie wurde total verlegen und konnte ihm nicht antworten.

Sonst in Sachen Frauen sehr bewandert, wusste Daniel mit Beatrices Reaktion nichts anzufangen und wechselte schnell das Thema. Hätte er gewusst, dass diese Frau, die mit ihm am Tisch saß, heftig in ihn verliebt war, hätte er bestimmt anders reagiert. Aber es schien, als ob seine Antennen noch auf Nathalie gerichtet waren und nicht auf Beatrice, obwohl sie ihm immer mehr gefiel.

Nach dem Essen wussten beide nicht, über was sie sprechen sollten, und so begab sich Beatrice wieder in ihr Zimmer und verbrachte den restlichen Abend dort. Als sie sich auszog, um zu Bett zu gehen, stellte sie sich nackt vor das Fenster und sog die frische Luft tief in sich auf. Dann erschrak sie. Was wäre, wenn der Fremde in der Nähe wäre? So schnell sie konnte zog sie sich ein T-Shirt über ihren nackten Körper und zog die Gardinen vor das Fenster. Dann stieg sie ins Bett, und es dauerte lange, bis sie endlich eingeschlafen war.

Daniel verspürte einen immer größer werdenden Wunsch, zu Beatrice zu gehen, um ihr eine gute Nacht zu wünschen. Zweimal stand er vor ihrer Tür, aber jedes Mal ging er wieder zurück in sein Zimmer. Er hatte Angst, dass sie es vielleicht falsch verstehen könnte.

Er hatte ihr Bild, das Bild, das heute Morgen bei den Rosen war, mit nach Hause genommen und sah es lange an. Wieder bewunderte er ihren wunderschönen Körper und ihre Brüste, die aussahen wie Alabaster ähnliche Kugeln, und die sie zärtlich streichelte. Daniels Schwanz stand hart vor seinem Bauch, als er mit seinen Fingern über dieses Bild fuhr. Heftig atmend stellte er sich vor seine Badewanne und fing an, seinen harten Penis zu massieren. Schnell bildeten sich die ersten Lusttropfen in der Spalte seiner Eichel, und er tauchte seinen Zeigefinger hinein und leckte ihn ab. Daniel mochte seinen eigenen Geschmack, und es dauerte nicht lange, und sein Samen verteilte sich am Boden der Wanne. Laut stöhnte Daniel auf, als sein Sperma sich den Weg durch seinen langen Schaft bahnte, um dann in einer kleinen Explosion in die Wanne geschleudert zu werden.

Seine Pobacken pressten sich zusammen, und seine rechte Hand massierte kräftig seine Hoden, um sie dazu zu bewegen, alles hinaus zu lassen.

Danach legte sich Daniel auf sein Bett und schlief mit einem Lächeln kurze Zeit später ein.

Bei Martin und Nathalie herrschte regelrechte Katerstimmung.

„Heute hat er so viel Geld abgebucht, wie noch nie zuvor. Laut unseren Berechnungen sind das fast 250.000 Euro. Wenn er so weiter macht, sind wir spätestens in einem halben Jahr nicht mehr zahlungsfähig, also bankrott."

Verzweifelt stützte Martin seinen Kopf auf seine Hände und sah Nathalie mutlos an.

„Ich weiß nicht mehr weiter, mein Liebling. Ich weiß wirklich nicht mehr weiter."

„Kann ich dir denn überhaupt nicht helfen?"

Martin schüttelte nur seinen Kopf.

„Ich wüsste wirklich nicht wie, mein Schatz, wirklich nicht."

Nathalie hatte sich besondere Mühe mit dem Essen gegeben, aber Martin rührte es fast nicht an.

„Ach, übrigens, ich habe deinen Wunsch nicht vergessen. Sieh mal bitte in meiner Aktentasche nach. Dort ist ein Laptop aus der Firma, den du solange wir hier sind, benutzen kannst. Ich habe es mit unserem Buchhalter abgesprochen."

„Oh Martin,"

jubelte Nathalie und umarmte ihren Mann.

„Vielen, vielen Dank."

„Eigentlich ist es für den dritten Mitarbeiter der Buchhaltung bestimmt, aber da wir zur Zeit nur zwei Angestellte dort haben, kannst du ihn benutzen."

Nathalie schaltete das Gerät sofort an und war begeistert.

„Es hat sogar ein Programm, mit dem ich per Videoschaltung meine Eltern anrufen und auch sehen kann. Danke, Martin, du bist ein Schatz."

„Dann ist es dir auch nicht mehr so langweilig",

meinte Martin erleichtert und ging ins Wohnzimmer und legte sich auf die Couch.

Nathalie sah, dass ihr Mann litt und sich große Sorgen um die Firma machte. Sie bereute zutiefst, sich eben so gehen gelassen zu haben und ihre Freude so laut gezeigt hatte. Sie ging zu ihm und kniete sich vor das Sofa.

„Was kann ich tun, damit es dir besser geht?"

„Wenn ich das wüsste, meine liebe Nathalie, dann würde ich es dir sofort sagen, aber ich weiß es nicht. Lass mich einfach nur alleine. Vielleicht kommt mir dann ein Gedankenblitz, und ich weiß die Lösung."

Nathalie wusste, dass er versuchte, lustig zu sein, und ging zurück in die Küche und probierte ihr neues Spielzeug, den Laptop aus. Einige Stunden später, nachdem sie ausgiebig mit ihrer Mutter geplaudert hatte und einige Programme ihres kleinen Computers ausprobiert hatte, überzeugte sie Martin, zusammen mit ihr zu Bett zu gehen. Sein ständiges Grübeln brachte ihn auch nicht weiter.

„Morgen habe ich wieder einen Termin beim Frauenarzt",

unterbrach sie seine Gedanken und schmiegte sich eng an ihn.

„Vielleicht können wir schon morgen wieder richtig miteinander schlafen, das wäre schön."

„Ja, das wäre schön."

An seiner Antwort konnte Nathalie erkennen, dass er ihr nicht wirklich zugehört hatte, aber sie war ihm nicht böse, sondern konnte es verstehen. Doch sie nahm sich fest vor, ihn am nächsten Abend nach allen Regeln der Kunst zu verführen, um ihn von seinen problematischen Gedanken abzulenken. Ihre rechte Hand schlich sich unter seine Schlafanzughose, aber es rührte sich nichts. Sein Penis lag schlaff auf seinem Bauch, und Nathalie gab es auf, ihn in einen erregten Zustand zu bringen. Sie hatte noch Zeit und wollte Martin auf keinen Fall zu Sex zwingen. Auch wenn ihr Körper schon wieder danach verlangte.

Leise stand sie auf und ging ins Badezimmer. Dort stellte sie sich vor den großen Spiegel und zog ihr Nachthemd aus. Langsam glitten ihre Finger über ihre beiden Brüste, massierten sie erst leicht und dann intensiver, bis die kleinen Brustwarzen hart wurden und von ihren Brüsten abstanden. Nathalie spürte, wie die Erregung zwischen ihren Beinen wuchs und spreizte sie so weit, dass sie zwischen ihre Schamlippen blicken konnte. Langsam begann der Flaum um sie herum wieder zu wachsen, aber er fühlte sich noch immer stoppelig an, und Martin hatte das letzte Mal, als er seinen Kopf dazwischen gezwängt hatte, gestöhnt und gesagt:

„Das ist so, als ob ich versuchen würde, das unrasierte Gesicht eines Mannes abzulecken."

Sie hatte damals schnell ihre Schamlippen vor ihm auseinandergezogen und es ihm so erlaubt, ihre innere Scham abzulecken. Der Gedanke daran ließ ihre Klitoris härter klopfen und ihre Brustwarzen anschwellen.

Nathalie zog den Schemel, der neben der Badewanne stand, näher zu sich und setzte sich darauf. Dann spreizte sie ihre Beine soweit sie konnte und legte zwei Finger um ihren Kitzler. Sofort begann sie, ihn heftig zu reiben, und es dauerte nicht lange, bis er abspritzte und der Orgasmus sich schauerartig durch ihren gesamten Körper ausbreitete. Genüsslich leckte Nathalie anschließend die Finger ab, über die ihr Kitzler gespritzt hatte. Sie liebte nicht nur den Geschmack von Sperma, sie liebte auch den Geschmack ihres eigenen Liebessaftes.

Was sie nicht wusste, war, dass Martin sie beobachtet hatte. Er war aufgewacht und hatte sie gesucht. Als er im Badezimmer Geräusche wahrgenommen hatte, erblickte er sie dabei, wie sie sich selbst befriedigte. Er fühlte sich schuldig, denn schließlich war sie eine junge Frau und hatte ein Recht, sexuelle Befriedigung zu erhalten.

Als sie aufstehen wollte, trat er hinter sie. Nathalie war ein wenig überrascht, aber als sie sein hartes Glied an ihrem Rücken verspürte, umhüllte ihr Gesicht ein warmes Lächeln.

„Komm. Dreh dich um, stell dich vor mich."

Martin tat, was sie von ihm verlangte und stellte sich zwischen ihre immer noch gespreizten Beine. Sein Penis ragte direkt vor ihrem Gesicht in die Höhe. Wieder lächelte Nathalie. Dieser Penis gehörte ihr, und sie konnte mit ihm machen, was sie wollte. Doch heute Abend wollte sie nur seinen Saft. Zärtlich graulte sie seine dunklen Schamhaare, aus denen sein kräftiger Schaft hervorragte. Die Adern, die an ihm entlang liefen, waren dick geschwollen und pulsierten stark.

„Nimm ihn in den Mund, Nathalie, nimm dir von ihm, was du willst."

Während ihre Augen direkt in seine blickten, leckte sie langsam aber intensiv die Eichel seines harten Schwanzes, die fast so aussah, wie der Hut eines großen Pilzes. Kaum, dass sie ihre Zunge in die kleine Spalte gezwängt hatte, schmeckte sie auch schon seine Lusttropfen, und ein tiefes Stöhnen drang aus der Kehle von Martin.

„Ja, Nathalie, ja, das ist gut, oh, Nathalie, ja, mach weiter, ah, Nathalie."

Er drängte sich näher an sie heran und drückte seine ganze Eichel tief in ihren bereitwillig weit geöffneten Mund. Während ihre Hände zärtlich über seinen strammen Hodensack strichen, um ihn dadurch zu veranlassen, sein kostbares Gut freizugeben, rieb Martin hart an dem Schaft seines erigierten Schwanzes. Der Blick in ihre vor Lust glänzenden Augen und die Lippen, die sich an seinem Schwanz festgesaugt hatten, verfehlten ihre Wirkung nicht. Mit einem lauten Schrei ejakulierte er in ihren Mund und hörte das Geräusch, das er so liebte: das laute Schlucken von seiner Ehefrau Nathalie, die versuchte, sein Sperma ganz in sich aufzunehmen, ohne dabei einen Blick von seinen Augen zu lassen.

Erst als sie alles hinunter geschluckt hatte und seine Eichel fast andächtig sauber geleckt hatte, gab sie seinen erschlaffenden Penis frei. Sie schmiegte ihren Kopf an seinen Bauch und küsste zärtlich seinen Nabel.

„Ich liebe dich, Martin, ich liebe dich so sehr."

„Ich liebe dich auch, meine kleine, süße Nathalie. Ich liebe dich auch."

Zärtlich umschlungen begaben sie sich anschließend in ihr großes Bett, und es gelang Martin wirklich, schon nach ein paar Minuten einzuschlafen. Eng an

seine Frau geschmiegt, schlief er ein wie ein kleines
Kind.

Kapitel 9

Am nächsten Morgen wurde es hektisch, denn Nathalie und Martin hatten verschlafen. Im Stehen trank er schnell eine Tasse Kaffee und verbrühte sich leicht seine Lippen, während Nathalie ihm ein Sandwich bereitete.

„Pack es bitte ein, sonst schaffe ich es nicht mehr."

Normalerweise musste Martin nicht pünktlich in der Firma erscheinen, aber gerade an diesem Morgen hatte er eine wichtige Besprechung anberaumt, und da musste selbst er pünktlich sein. Nachdem Martin zur Tür hinaus gelaufen war, schaltete Nathalie ihren neuen Laptop ein. Ihre Mutter hatte ihr durch die Sekretärin ihres Mannes eine E-Mail geschickt, in der sie ihr die Neuigkeiten der Stadt mitteilte. Außerdem war Nathalie neugierig. Sie wollte unbedingt herausfinden, was derjenige, der diesen kleinen Computer sonst bediente, so alles abgespeichert hatte. Schon während ihres Studiums hatte Nathalie den Ruf, jedes Passwort der Studenten knacken zu können. Es tat Nathalie gut, endlich wieder mit etwas beschäftigt zu sein und vergaß fast dabei, sich für ihren Termin mit Daniel fertig zu machen.

In der Praxis herrschte große Aufregung. Wieder hatte eine der Patientinnen einen riesigen Rosenstrauß vor der Tür gefunden und ihn mit herein gebracht. Daniel, der gerade an der Rezeption bei Beatrice stand, um mit ihr den bevorstehenden Tag zu besprechen, nahm den Strauß als Erster in Empfang.

„So schöne Blumen, ach, wäre ich doch noch einmal jung, dann wünschte ich mir auch solche Rosen",

schwärmte die Patientin und begab sich ins Wartezimmer.

Als Daniel die anhängende Karte sah, sprang ihm der bekannte Spruch:
‚Für die für mich schönste Frau des Universums,'
förmlich ins Gesicht. Er wollte die Karte schnell vor Beatrices Augen verbergen, aber sie hatte sie schon entdeckt. Daniel gab sie ihr, und als Beatrice sie öffnete, wurden ihre Augen riesig und sie stieß einen erschrockenen Schrei aus. Sofort entriss ihr Daniel die Karte, und was er sah, erschreckte auch ihn. Auf der Innenseite der Karte war ein Bild, und es zeigte Beatrice splitternackt von hinten, wie sie auf dem Bett in seinem Gästezimmer kniete und sich seitlich nach unten beugte, um etwas vom Boden aufzuheben. Dabei waren ihre leicht gespreizten Beine und ihre gespreizten Pobacken zu erkennen. Auch ihre Geschlechtsteile dazwischen waren klar und deutlich zu sehen.

Dieses Mal war Daniel noch wütender, als die Tage zuvor.

„Wenn die Polizei diesen verdammten Kerl nicht bald findet, werde ich etwas unternehmen."

Damit hob er den Hörer ab und wählte die Nummer der Polizei.

„Du wirst ihnen doch nicht das Bild zeigen?"

Erschrocken sah Beatrice auf Daniel und fing wieder an zu weinen.

„Ich weiß es noch nicht, komm, hör auf zu weinen, sei still, bitte Beatrice."

Daniel ging um ihren Schreibtisch herum und nahm sie in seine Arme.

„Wir schaffen das schon, hast du gehört?"

Beatrice zitterte in seinen Armen, und es war nicht nur die Angst vor dem Fremden, die sie erschütterte. In Daniels Armen gehalten zu werden hatte sie sich seit Jahren gewünscht. Nur nicht unter solchen Umständen.

Als die Polizei eintraf, führte Daniel sie in sein Sprechzimmer und übergab ihnen alle bisher eingetroffenen Karten des fremden Mannes. Bei der letzten Karte errötete sogar der alte Polizist, denn so etwas hatte er noch nie gesehen.

„Wo kann er die Bilder gemacht haben? Gibt es ein Haus gegenüber ihrem Gästezimmer?"

„Ja, aber es ist ziemlich weit weg."

„Wir fahren hin und sehen uns einmal um."

Damit verabschiedeten sich die Beamten, und als sie an Beatrice vorbeikamen, weinte diese laut auf.

„Was ist los?"

Doch Beatrice konnte nicht sprechen. Vor ihr lag ein Päckchen, das als Geschenk verpackt war. Auf dem Päckchen befand sich eine Karte mit den bekannten Worten:

‚Für die für mich schönste Frau des Universums.'

Daniel eilte herbei und hielt Beatrice fest, denn sie war kurz vor dem Zusammenklappen.

„Wo kommt dieses Päckchen her?"

riss die nüchterne Stimme des Polizeibeamten alle in die Wirklichkeit zurück.

„Eine Patientin fand es vor der Tür und hat es mit herein gebracht, "

schluchzte Beatrice laut auf.

Als Daniel nach der Karte greifen wollte, hielt in ein Polizist zurück.

„Nicht anfassen, bitte nicht anfassen. Wir werden das Päckchen erst auf möglichen Sprengstoff untersuchen."

Daran hatte bisher keiner gedacht, und die Polizisten ordneten an, dass alle, die sich in der Praxis befanden, das Haus verlassen mussten. Großräumig sperrten sie die Straße ab, und Beatrice und Daniel beobachteten von der gegenüberliegenden Straßenseite, was weiter passierte. Daniel hielt sie fest in seinem Arm, und Beatrice getraute sich, die

Menschen um sie herum genauer anzusehen, aber der Fremde, der ihr so viel Furcht einflößte, schien nicht dabei zu sein.

Nach über einer Stunde durften sie das Haus wieder betreten. Natürlich herrschte große Aufregung, und Daniel bat alle Patientinnen, sich einen neuen Termin geben zu lassen, da an ein geregeltes Arbeiten an diesem Tag nicht mehr zu denken war. Als alle Patientinnen den Raum verlassen hatten, gab einer der Polizisten Daniel die Karte, die an dem kleinen Päckchen angebracht gewesen war.

Als Daniel es öffnete, war wieder ein Foto von Beatrice abgebildet. Diese Mal zeigte es sie vollkommen nackt und von vorne wie sie sich genüsslich am Fenster rekelte.

„Sie müssen sie davon abhalten, sich in solchen Posen zu zeigen. Das stachelt diesen Menschen doch noch mehr an."

Daniel nickte.

„Sie haben recht. Ich werde mit Beatrice sprechen."

Doch der Polizist zeigte auf die andere Seite der Karte. Dort stand:

‚So wirst du dich vor mich stellen, und ich werde mit dir machen, was ich will.'

„Um Himmels Willen, was können wir nur tun?"

rief Daniel entsetzt.

„Schauen Sie mal, was in dem Päckchen war."

Gemeinsam mit Beatrice sah er hinein, und es verschlug ihnen den Atem. Ein wundervolles Collier und als Anhänger ein Herz aus lauter Brillanten.

„Das will ich nicht, er soll mir nichts schicken, er soll mich nur in Ruhe lassen",

rief Beatrice weinend aus.

„Das muss ein Vermögen gekostet haben",

dachte Daniel laut. Dann wandte er sich zu den Polizeibeamten.

„Kann man aufgrund dieses Schmuckstückes den Juwelier finden? Vielleicht kann er uns Angaben über diesen Verrückten machen?"

Die Polizeibeamten nickten.

„Wir werden uns sofort an die Arbeit machen und geben Ihnen sobald wie möglich Bescheid. Und Beatrice, wir bitten Sie inständig, provozieren Sie ihn nicht mehr, indem Sie sich nackt an ein Fenster stellen. Das muss doch nicht sein, oder?"

Beatrices Wangen erglühten in einem tiefen Rot.

„Nein, natürlich nicht. Sie haben recht, das muss nicht sein."

„Wenn man die Bilder sieht, könnte man annehmen, dass Sie wussten, dass man Sie fotografiert und dass Sie bewusst diese Posen eingenommen haben."

Entsetzt schrie Beatrice auf:

„Das glauben Sie wirklich?"

„Wir müssen die Sache von allen Seiten betrachten, Beatrice, und das ist eine Seite davon. Obwohl ich persönlich nicht glaube, dass Sie wussten, dass er sie beobachtete."

Daniel protestierte energisch gegen die Art, wie der Polizeibeamte mit Beatrice umging, doch auch er bekam langsam Zweifel.

,Wieso hatte sie sich derartig vor dem offenen Fenster bewegt und dazu noch nackt?'

Aber er fand keine Antwort.

„Wo soll ich denn jetzt hin?"

unterbrach Beatrice die eintretende Stille.

„Ich weiß doch gar nicht, wo ich jetzt hin soll."

Ein hemmungsloses Weinen erschütterte ihren Körper.

„Du bleibst erst einmal in meiner Wohnung. Dort bist du trotz allem sicher."

Zweifelnd sahen die Polizisten auf Daniel.

„Ich werde das Schlafzimmer mit ihr tauschen. Mein Fenster geht zum Park, und es ist unmöglich, von dort aus hinein zu sehen. Außerdem bin ich die ganze Zeit bei ihr und lasse sie nicht aus den Augen."

„Gut, wenn Beatrice einverstanden ist, ist es uns auch recht."

Beatrice nickte dankbar, und die Polizisten verabschiedeten sich.

„Sag bitte alle Termine für heute ab und verschieb sie auf die nächste Woche. Dann machen wir einfach für heute Feierabend."

Dankbar nickte Beatrice und fing an, die restlichen Patientinnen darüber zu informieren. Nur Nathalie konnte sie nicht erreichen, denn die hatte ihre Wohnung bereits verlassen und war auf dem Weg zu ihnen. Vor dem Arztbesuch bei Daniel wollte sie noch etliche Dinge einkaufen. Als sie danach in der Praxis ankam, nahm Daniel sie auf die Seite und erzählte ihr nur, dass Beatrice von einem Stalker verfolgt würde.

„Wir rufen dich an und geben dir einen neuen Termin, in Ordnung?"

Nathalie nickte verständnisvoll.

„Das muss ja furchtbar für Beatrice sein, die Arme."

Mitfühlend wie sie war, nahm sie Beatrice in den Arm und drückte sie kurz.

„Wenn etwas ist, rufen Sie mich einfach an, in Ordnung?"

Dankbar nickte Beatrice ihr zu und vergaß in diesem Moment sogar das kleine Höschen, dass sie Nathalie heute eigentlich zurückgeben wollte. Auch dass sie eigentlich furchtbar eifersüchtig auf Nathalie war, vergaß Beatrice.

Als Daniel mit Beatrice die Praxis verließ, sah er sich vorsichtig um, aber er konnte niemanden sehen, der auch nur annähernd so aussah, wie Beatrice den Fremden beschrieben hatte. So schnell er konnte, fuhr er mit ihr zu seinem Apartment. Dort angekommen, verriegelte er die Tür und sah sich in der ganzen Wohnung um. Ängstlich verfolgte Beatrice sein Tun.

„Glaubst du, dass er es schafft hier einzubrechen?"
fragte sie ängstlich.

„Dem Kerl traue ich mittlerweile alles zu",
knurrte Daniel.

„Es tut mir so leid, ach, Daniel, es tut mir so leid, dass ich dich da mit reinziehe."

Wie ein kleines Häufchen Elend stand Beatrice mit hängenden Schultern und Tränen in den Augen vor Daniel. Sein Beschützer Instinkt sagte ihm, dass er sie in seine Arme nehmen sollte, aber der gesunde Menschenverstand in ihm warnte ihn davor. So ließ er die weinende Beatrice im Wohnzimmer stehen und begab sich in die Küche, um etwas zum Essen vorzubereiten.

Aber auch Daniel war nervös. Er, der schon aufgrund seines blendenden Aussehens keine Schwierigkeiten hatte, Frauen zu betören und mit Leichtigkeit in sein Bett zu bekommen, verspürte auf einmal Hemmungen, diese zarte Frau in seiner Wohnung auch nur zu berühren. Dabei benötigte sie seine Unterstützung und eine warme Umarmung gerade jetzt so sehr. Von dem Essen, das er zubereitet hatte, rührte Beatrice nichts an.

„Ich habe keinen Hunger",
flüsterte sie leise und sah ihn unter Tränen an. Da konnte Daniel sich nicht mehr beherrschen. Er stand so schnell auf, dass sein Stuhl polternd auf die Seite fiel und riss Beatrice in seine Arme.

„Alles wird gut, meine kleine Beatrice, alles wird gut. Du musst keine Angst haben, ich bin doch bei dir."

Beatrice nickte und sah ihn unter Tränen an.

„Ja, du hast recht Daniel, jetzt wird alles gut, denn du bist bei mir."

Zärtlich lehnte sie sich an ihn und erzeugte ein Gefühl in Daniel, das schier übermächtig schien. Noch wollte er es nicht wahrhaben, aber er begann, diese ängstliche Frau in seinen Armen zu lieben.

Vorsichtig hob Daniel Beatrice hoch und trug sie in sein Schlafzimmer. Dort legte er sie auf sein großes Bett und deckte sie mit einer leichten Decke zu.

„Versuche ein wenig zu schlafen. Nachher geht es dir bestimmt besser."

„Gehst du weg?"

Die ängstliche Stimme von Beatrice hielt ihn davon ab, das Zimmer zu verlassen.

„Nein, nein. Ich lasse dich nicht alleine. Ich gehe nur ins Wohnzimmer. Wenn du etwas brauchst, rufe einfach, und ich bin sofort da."

„Bitte bleib bei mir."

Erstaunt sah Daniel auf Beatrice, die ein wenig zur Seite gerückt war, um ihm Platz neben sich zu machen.

‚Warum eigentlich nicht?'
dachte Daniel.

‚Ob ich hier neben ihr liege oder nebenan auf der Couch im Wohnzimmer, '

dachte er weiter und zog seine Schuhe aus. Dann legte er sich neben sie. Fürsorglich breitete sie die Decke auch über ihn aus und schmiegte sich an ihn.

„Jetzt habe ich keine Angst mehr, jetzt kann mir nichts mehr passieren."

Daniel wurde es ganz warm bei ihren Worten, und am liebsten hätte er sie in seine Arme genommen und geküsst. Doch er wollte die Umstände, die dazu geführt hatten, dass sie jetzt zusammen auf seinem Bett lagen, nicht ausnutzen. Dass Beatrice neben ihm hoffte, dass er sie endlich in seine Arme nehmen würde, ahnte er nicht.

Während Beatrice sich vertrauensvoll an Daniel schmiegte und einschlief, musste dieser an die Aufnahmen denken, die der Fremde von ihr gemacht hatte. Als er an ihre wundervollen Brüste dachte, wurde sein Penis hart, denn Beatrice hatte sich ganz eng an ihn geschmiegt, und er konnte die Konturen ihres wundervollen Körpers an seinem Rücken spüren. Laut stöhnte er auf und versuchte, ein wenig Abstand zwischen dem Körper der jungen Frau neben ihm und seinem zu schaffen, aber es misslang, denn sie glitt sofort hinterher. Daniel drückte sie in die Mitte des Bettes, um sie nicht an sich zu spüren, dabei verrutsche ihr T-Shirt und gab einen Teil ihres nackten Rückens frei. Schon wollte er sie zärtlich streicheln, als ihn eine warnende Stimme in sich zurückhielt.

‚So geht das nicht, '

stöhnte er auf. Er konnte nicht still neben dieser wundervollen Frau liegen und sie nicht berühren. So leise wie möglich versuchte er aufzustehen, aber Beatrice schien es zu spüren. Sie erwachte und sah ihn fragend an.

„Was machst du?"

„Schlaf weiter, Beatrice, ich wollte nur aufstehen."

„Warum?"

Diese einfache Frage warf ihn um.

„Weil ich auch nur ein Mann bin und es mir schwer fällt, einfach nur so neben dir zu liegen, darum."

Beatrices Körper erbebte, aber nicht aus Angst, sondern aus Freude über seine Worte.

„Komm, bitte Daniel, komm wieder zu mir."

Sie hob ihre Arme, und er konnte diesen Worten nicht widerstehen. Laut aufstöhnend warf er sich neben sie und küsste ihre warmen Lippen, die sich leicht für ihn öffneten und seine Zunge verwöhnten.

Jetzt war es um Daniel geschehen, und er wusste, dass er sich nicht mehr zurückhalten konnte.

„Hast du keine Angst vor mir und vor dem, was ich mit dir machen möchte?"

„Nein, Daniel, bei dir habe ich keine Angst. Dir gebe ich gerne alles, was du möchtest."

„Wirklich? Oh, meine kleine Beatrice, oh."

Daniel wusste nicht, wie ihm geschah. Unendlich zärtlich presste er seine Lippen auf ihre, und seine Hände suchten ihre wundervollen Brüste, die sie ihnen gerne überließ.

„Trägst du nie einen Büstenhalter?"
stöhnte er ungläubig in ihr Ohr.
„Nein, Daniel, oder sollte ich?"
„Nein, sie sind wunderschön."
Bei diesen Worten beugte er sich über sie und hob ihr T-Shirt hoch und zog es ihr über ihren Kopf.
„Du bist wunderschön."
Beatrice spürte, wie seine Lippen ihre Nippel umschlossen und zart daran saugten. Dabei fing ihre Klitoris an, sich bemerkbar zu machen, und Beatrice versuchte selbst, ihre Hose zu öffnen, um an sie heran zu kommen. Während der letzten Jahre hatte sie sich selbst befriedigt, und es war ihr zur Selbstverständlichkeit geworden, es zu tun.
„Was machst du?"
Die Stimme von Daniel riss sie in die Gegenwart zurück.
„Ich versuche meine Hose auszuziehen. Mein Kitzler spielt verrückt."
Dabei lächelte sie verschämt.
„Darf ich dir deine Hose ausziehen und deinen Kitzler verwöhnen?"
Beatrice nickte, und ihre Augen leuchteten.
„Ja, Daniel, ja, aber du musst mir auch erlauben, deine Hose herunter zu ziehen."
Daniel nickte, und es gelang ihm mühelos, Beatrice nackt auszuziehen. Bei ihrem Anblick musste er ein paar Mal tief Luft holen, bevor er anfing, sie überall zu streicheln. Sie überließ sich ihm ganz und schloss ihre Augen, um seine Hände zu genießen. Mehrmals stöhnte sie auf, wenn er ihrer Klitoris zu nahe kam, aber noch ließ Daniel sie warten. Doch Beatrice hielt es nicht mehr aus, sie wollte mehr. Plötzlich richtete

sie sich auf und saß nun genau vor Daniel, der ihre Brüste nicht losließ, während sie versuchte, den Knopf an seiner Hose zu öffnen, was ihr aber in dieser Position nicht gelang. Aber das Hemd von Daniel zog sie aus und küsste seine starke Brust und versuchte, eine seiner Brustwarzen in ihren Mund zu saugen. Als das misslang, stöhnte sie etwas wütend auf.

„Was ist los? Warum bist du so ungeduldig?"

Beatrice ließ sich wieder aufs Bett fallen und lächelte ihn an.

„Ich habe so viele Jahre auf diesen Moment gewartet, und da wunderst du dich, dass ich ungeduldig bin?"

Daniel beugte sich ganz dicht über Beatrices Gesicht.

„Was meinst du damit, dass du schon viele Jahre darauf gewartet hast?"

„Ich habe mich schon am ersten Tag in dich verliebt, und du hast es nicht einmal gemerkt, ach, Daniel."

„Was bin ich nur für ein Idiot",

stammelte Daniel und küsste sie leidenschaftlich. Dabei presste er seine Zunge zwischen ihre Zähne, und dankbar nahm Beatrice sie in ihrem Mund auf, um sofort begierig an ihr zu saugen.

„Langsam, langsam, Beatrice, sonst explodiere ich gleich. Wolltest du mir nicht meine Hose ausziehen?"

Lächelnd drehte er sich auf seinen Rücken und sah Beatrice auffordernd an. Mit bebenden Fingern gelang es ihr nach etlichen Versuchen endlich, den Knopf seiner Hose aufzubekommen. Den Reißverschluss hinunter zu ziehen war dann eine Leichtigkeit, und als er leicht seinen Unterkörper anhob, konnte sie seine Hose ganz von seinem Körper herunter ziehen. Die Unterhose rutschte gleich mit, und sein riesiger Penis sprang ihr dabei fast ins Gesicht. Beatrice stöhnte laut auf, als sie ihn sah.

„Was ist los, Beatrice? Was ist mir dir?"

„Er ist so groß, Daniel, oh, der ist viel zu groß für mich. Der passt niemals in mich hinein."

„Das werden wir gleich sehen",
murmelte Daniel an ihrem Hals und legte sie zärtlich
auf ihren Rücken.

„Er will abspritzen, Beatrice, Du hast ihn ganz wild auf
dich gemacht."
Stöhnend leckte Daniel über Beatrices Hals und
saugte an ihren Ohrläppchen.

„Beatrice, ah, Beatrice."
Doch Daniel war zu erregt, um ein längeres Vorspiel
auszuhalten.

„Beatrice, darf ich in dich, bitte? Ich halte es nicht
mehr aus, ich muss abspritzen."
Beatrice nickte und spreizte ihre Beine für ihn.

Sofort kniete sich Daniel dazwischen und versuchte
mit fahrigen Bewegungen, seinen harten Schwanz an
die Öffnung ihre Scheide zu führen.

„Lass mich, Daniel, lass es mich machen."
Beatrice griff nach unten und umfasste den harten
Schaft von Daniels Penis und führte ihn langsam an
ihre feuchte Öffnung.

„Ja, ja, Daniel, jetzt, drück ihn in mich, ja, so, ja."
Bei diesen Worten hatte sich Beatrice etwas
aufgerichtet und sah zu, wie der riesige Schwanz
langsam in ihrer Vagina verschwand. Dann warf sie
sich wieder hin und schrie leise auf.

„Oh, Daniel, er ist mächtig, oh."
Daniel als erfahrener Frauenarzt wusste, dass sich
Beatrices Scheide in kürzester Zeit dem Umfang
seines gewaltigen Schwanzes anpassen würde und
fing an, sie gleichmäßig zu ficken. Beatrice stöhnte
erneut auf, aber dieses Mal war es ein wohliges
Stöhnen, und Daniel erkannte es sofort. Lächelnd
schob er seinen riesigen Penis in ihr hin und her, und
es dauerte nicht lange, bis er abspritzte. Daniel hatte
ihn im letzten Moment aus ihr heraus gezogen und
verstreute sein Sperma auf ihrem Oberkörper. Warm

und zäh breitete es sich aus, während Daniel seinen Orgasmus mit zusammen gekniffenen Zähnen in sich hinein presste und still erlebte.

Dann keuchte er laut auf und saß ganz entspannt vor Beatrice, die ihm erstaunt und verwundert zugesehen hatte.

„Stöhnst Du Deinen Orgasmus immer in dich hinein?"
Daniel lächelte.

„Seitdem ich regelmäßig mitbekomme, wie meine Nachbarn es treiben, habe ich mir angewohnt, ruhig zu genießen."

„Schade, ich hätte es gerne gehabt, wenn du deine Lust laut heraus geschrien hättest."

„Wäre mir auch lieber gewesen",
antwortete Daniel lachend und legte sich neben sie.

„Vielleicht kaufen wir uns ja ein Haus, und dann können wir unsere Lust so ausleben, wie wir es gerne hätten."

Beatrice lag ganz still.

‚Hatte er gerade gesagt, dass sie beide sich eventuell ein Haus kaufen würden und sie gemeinsam ihre Lust ausleben würden? Schien ihr Traum Wirklichkeit zu werden?'

Langsam begann Daniel, sein Sperma auf ihrem Körper zu verreiben, und Beatrice genoss es mit geschlossenen Augen. So konnte sie seine Hände und seine Finger noch intensiver auf ihrer nackten Haut spüren. Wohlig räkelte sie sich vor ihm und zeigte ihm so, dass sie ihm voll und ganz vertraute. Ihre Brüste hoben und senkten sich bei jedem Atemzug, und so war es ein leichtes für Daniel zu bemerken, dass sie immer erregter wurde und ihre Brüste sich immer schneller hoben und senkten.

„Was ist, meine kleine Beatrice, was ist los?"
So, als ob er nicht genau wüsste, was mit ihr los war, aber er wollte es aus ihrem Mund hören. Wollte, dass sie ihn anflehte, ihr einen Orgasmus zu bereiten.

Sie bewegte sich schneller, und auch ihr Atem ging schneller. Aus seinen Augenwinkeln heraus bemerkte Daniel, dass sie ihre Finger zwischen ihre Schamlippen geschoben hatte und ihre Klitoris langsam massierten. Sofort zog er ihre Hand aus ihrer Scham, und Beatrice sah ihn erschrocken an.

„Lass mich es machen, bitte, Beatrice, überlass deine Klitoris mir."

Brav legte sie ihre Hand neben sich und öffnete ihre Beine noch weiter, als sie sie schon jetzt gespreizt hatte. Es schien, als ob sie sagen wollte:

„bitte, nimm dir was du willst."

Und Daniel nahm sich was er wollte, beugte sich über ihre Scham und genoss zuerst den intensiven Duft, der aus ihr herausströmte. Seine Finger, die er in ihre Vagina geschoben hatte, zeigten ihm an, dass sie bereit war, bereit für ihn und für alles, was er mit ihr machen wollte. Doch Beatrice wurde ungeduldig und versuchte erneut, ihre Klitoris mit ihren Händen zu erreichen. Endlich gab ihr Daniel, worauf sie so sehnlichst wartete und saugte mit seinen Lippen um ihren Kitzler herum.

Ein wohliger Seufzer kam aus Beatrices Lippen, und der Duft ihrer Scham verstärkte sich. Nun war auch Daniel bereit für das, was er aus ihrem Kitzler heraus zu saugen versuchte. Und Beatrices Klitoris explodierte genau in dem Augenblick, in dem ihr Körper sich aufbäumte und er fast ihren Kitzler zwischen seinen Lippen verlor.

„Daniel,"

stöhnte sie,

„Daniel, ja, ah, Daniel!"

Sie schrie seinen Namen hinaus, und es war ihr egal, ob ihr jemand dabei zuhörte oder nicht. Die Lust, die seine Lippen in ihr entfacht hatten, war zu groß, sie musste sie herausschreien.

Nach einer Weile kam ihr Körper zur Ruhe, während Daniels Kopf noch immer auf ihrer Scham lag. Sie ließ ihn dort, streichelte zärtlich über seine Haare und genoss selbst das zufriedene Gefühl, das dieser Orgasmus in ihr hinterlassen hatte. Erst als Daniel leise zu schnarchen begann, begriff sie, dass er mit seinem Gesicht in ihrer Scham eingeschlafen war. Ein warmes Lächeln trat auf ihr Gesicht, und so schlief auch Beatrice langsam ein.

Als sie aufwachte, bemerkte sie, dass Daniel an ihrer Klitoris nuckelte wie ein kleines Kind an einem Schnuller. Sie wollte sich von seinen Lippen wegdrehen, aber es ging nicht, zu schwer lag er über ihrem Unterleib, und sie begriff, er schlief immer noch und saugte ihren Kitzler im Traum.

Doch durch ihre Bewegungen wachte er langsam auf und schien erst nicht zu bemerken, wo er sich eigentlich befand. Beatrice verhielt sich ganz ruhig, und erst als er seinen Kopf erstaunt hob und in ihre Augen blickte, lachte sie.

„Was für ein Gefühl, aufzuwachen und die Lippen von Dir an meiner Klitoris zu spüren. Du hast daran genuckelt wie ein kleines Kind."

„So, habe ich das? Na warte, ich zeige dir, was das kleine Kind noch so alles kann."

Mit diesen Worten packte er sie und drehte sie herum.

„Du hast so einen schönen Hintern, ach, meine süße Beatrice",

stöhnte Daniel. Er konnte sich kaum sattsehen an dem Anblick, den ihr nackter Arsch im bot und fing an, ihre beiden wunderschönen Hinterteile mit seinen Händen zu massieren. Beatrice lag auf ihrem Bauch und genoss es. Sie sträubte sich auch nicht, als er sie langsam auseinander zog.

„Was für ein Hintern,"

stöhnte Daniel und kniete sich vor ihren Po. Beatrice spürte seine Zunge, die sie langsam von ihrer Scheide und durch den Spalt ihres Hinterns hindurch leckte. Dann bewegte sie sich zurück, um einen Moment tief in ihre Scheide einzutauchen und erneut zwischen ihren Pobacken hindurch zu wandern und sie zu lustvoll zu lecken. An ihrem kleinen runzligen Loch verweilte sie einen Moment, um es intensiv zu erkunden. Noch nie zuvor, hatte ein Mann das kleine Arschloch von Beatrice so interessant gefunden, um es mit seiner Zunge abzulecken. Beatrice erschauerte unter Daniels forschender Zunge und stöhnte auf.

„Gefällt es dir, Beatrice, oder soll ich aufhören?"
„Nein, nicht aufhören. Bitte, Daniel, nicht aufhören."
„Komm, wir gehen ins Wohnzimmer",
keuchte Daniel und zog Beatrice hoch.
„Warum ins Wohnzimmer?"
fragend sah sie ihn an.
„Das wirst du sehen, komm, Beatrice, bitte."
Folgsam ging sie mit ihm, und vor der Couch angekommen, zog Daniel Beatrice fest in seine Arme und küsste sie lange. Seine Erregung stieg. Beatrice konnte es an seinem harten Schwanz spüren, der sich zwischen ihren nackten Körpern befand.
Dann setzte er sich auf die Couch und spreizte seine Beine, in dem er ein Bein über die Rückenlehne der Couch legte und das andere auf den Couchtisch. Sein harter Penis stand kerzengerade vor seinem Unterleib.
„Bück Dich und leck ihn, bitte Beatrice, "
keuchte Daniel und zog Beatrice an ihren Armen hinunter.
Sie ging in die Hocke und ergriff den Schaft seines kräftigen Gliedes. Zaghaft leckte Beatrice über die Eichel und tauchte ihre Zunge in die kleine Spalte, um nach den ersten Liebestropfen zu suchen. Daniel keuchte schwerer, und sein Atem ging schneller, als er Beatrice von seinem Schwanz weg zog.

„Bück Dich auf die Couch hinunter, bitte Beatrice, ja, ganz tief, ja, so ist es gut. Zeig mir Deinen Arsch."
Beatrice bückte sich breitbeinig vor die Couch, so wie Daniel es wünschte.

Er stand von der Couch auf, trat hinter sie und tätschelte ihren strammen Hintern. Dann zog er ihre Hinterteile weit auseinander und stöhnte wieder auf.

„Du hast einen scharfen Arsch, Beatrice, Du machst mich verrückt."
Seine Hände massierten ihre Pobacken noch intensiver und zogen sie noch weiter auseinander.

„Warte einen Moment, bitte, Beatrice, bleib so stehen."
Beatrice, die ihren Kopf drehte, um zu sehen, was Daniel machte, sah, dass er seinen Penis dick mit Gleitgel eincremte. Es erregte sie zu sehen, wie selbstverständlich er mit seinem Glied umging. Dann trat Daniel wieder hinter sie. Erneut zog er ihre Hinterteile auseinander und setzte seinen Schwanz an ihre enge, gerunzelte Öffnung dazwischen. Vorsichtig drückte er zu, und als er seine Eichel halb in ihrem Hintern hatte, wollte Beatrice von ihm weg, aber er hielt sie fest um ihre Taille gepackt, so dass sie ihm nicht entkommen konnte.

Dann machte Daniel einen Schritt nach vorne, und mit dieser Bewegung schob er auch den Schaft seines Schwanzes in ihren Arsch.

Beatrice stöhnte laut auf, denn der Dehnungsschmerz war enorm. Sie warf ihren Kopf nach hinten und sah genau in die erregten Augen von Daniel.

„Ich bin zu eng, Daniel, bitte, es tut weh."
Sofort zog Daniel seinen Penis aus ihr heraus und drehte Beatrice zu sich herum.

„Es tut mir leid, Beatrice, ich wollte dir nicht weh tun."
Er nahm sich vor, in Zukunft etliche Dehnspiele mit ihr zu machen, um auch ihren Arsch für seinen Schwanz vorzubereiten. Vorsichtig hob er sie hoch, trug sie

wieder ins Schlafzimmer und legte sie aufs Bett. Beatrice drehte sich auf ihren Bauch, so, als ob sie sich vor ihm verstecken wollte. Daniel verschwand im Badezimmer, und als er zurück kam, drehte er sie langsam wieder auf ihren Rücken und kniete sich über ihre Brüste. Beatrice sah, wie erregt er war und griff nach seinem Penis, dessen Schaft groß und stark zwischen den dunklen Härchen seiner Scham hervorragte.

„Leck ihn, Beatrice, leck ihn ab."

Keuchend presste Daniel die Worte hervor und rückte ein wenig näher zu Beatrices Mund. Seine Eichel berührte schon ihre Lippen, und sie saugte mit Inbrunst die ersten Tröpfchen aus der Spalte. Mit ihren Händen umfasste sie seinen Schwanz und zog ihn noch näher an sich heran. Dann begann sie, ihn von unten bis oben abzulecken, erst zart und vorsichtig und dann immer schneller und härter. Ihre Hände hielten seine strammen Hoden und massierten sie leicht. Als sie spürte, wie sein Penis anfing zu klopfen, saugte sie seine Eichel in ihren Mund. Keine Sekunde zu früh, denn als sich ihre Lippen um sie legten, spritzte sein Schwanz ab.

Beatrice war nicht vorbereitet auf diese Menge Sperma und konnte nicht verhincern, dass ein großer Teil davon aus ihrem Mund herauslief.

Glücklich lag sie anschließend in seinen Armen und wünschte, die Zeit würde stillstehen. Was die Zeit natürlich nicht tat.

Kapitel 10

Während Beatrice und Daniel das ganze Wochenende fast nicht aus dem Bett herausfanden, begann es für Nathalie wie gewohnt. Wieder wollte Martin alleine ins Büro, um so eventuell dem Betrüger schneller auf die Schliche zu kommen. Nachdem Nathalie ausgiebig geduscht hatte, setzte sie sich an ihren Laptop und telefonierte erst einmal ausgiebig mit ihrer Mutter. Das Gute daran war, dass sie nicht nur mit ihrer Mutter sprechen konnten, sie konnte sie auch auf ihrem kleinen Bildschirm sehen. Es half Nathalie ungemein, das Heimweh, das sie in den letzten Tagen gepackt hatte, besser zu überstehen.

„Wo ist denn dein Mann, wo ist Martin?"
fragte ihre Mutter besorgt.

„Er ist in der Firma. Martin glaubt, dass er dem Veruntreuer so besser auf die Schliche kommen kann, als wenn alle um ihn herum sind."

„Keine schlechte Idee,"
hörte sie ihm Hintergrund die Stimme ihres Vaters.

„Papa, hallo, wo bist du?"
Auch ihr Vater erschien auf dem Bildschirm des Laptops und lächelte ihr freundlich zu.

„Weiß Martin, dass dieser Betrüger mittlerweile fast eine Million Euro veruntreut hat?"

„Paps, ich bin mir sicher, dass Martin es weiß. Das ist mit ein Grund, warum er Tag und Nacht daran arbeitet."

„Ich weiß, Nathalie, ich weiß. Er ist ein guter Junge."

Für ihren Vater waren sie und Martin noch Kinder. Gut, dass er nicht wusste, an welchen schmutzigen Spielen diese Kinder Freude hatten. Nathalie sehnte sich danach, endlich wieder ohne Sorgen mit Martin leben zu können. Nach dem Gespräch mit ihren Eltern begann sie, die einzelnen Dateien, die sich auf dem Laptop befanden, zu öffnen. Doch nicht alle ließen sich öffnen. Es war sogar der größte Teil, der sich vehement davor sträubte, von Nathalie eingesehen zu werden. Doch das trieb sie nur noch mehr an.

Stunden um Stunden nahm sie sich eine Datei nach der anderen vor, und als Martin abends nach Hause kam, fand er sie mit hochrotem Kopf vor ihrem Laptop sitzend.

„Was machst du denn da?"

„Ich glaube, Martin, ich bin einer großen Sache auf der Spur, aber ich bin mir noch nicht ganz sicher. Vielleicht ist es ja die Sache, an der du gerade arbeitest."

„Das wäre natürlich toll, wenn du mir da helfen könntest. Ach Nathalie, ich bin müde und habe Hunger. Was gibt's zu essen?"

Nathalie hatte plötzlich ein ganz schlechtes Gewissen. Vor lauter Interesse an dem kleinen Computer und vor lauter Ehrgeiz, Martin in seiner Suche nach dem Veruntreuer zu helfen, hatte sie total vergessen, etwas für sich und Martin vorzubereiten. Auch fiel ihr dabei ein, dass sie den ganzen Tag, außer dem Frühstück, nichts mehr zu sich genommen hatte. Wie ein begossener Pudel stand sie vor ihrem Mann.

„Es tut mir so leid, Martin, entschuldige bitte, aber ich werde uns gleich etwas zubereiten."

„Wie auf der Universität. Da hast Du auch vor lauter Computer nichts anderes mehr um dich herum wahr genommen."

Aber Martin beschwerte sich nicht, denn er war stolz auf seine Frau. Wenn auf diesem kleinen Laptop etwas versteckt war, dann würde sie es finden, da war er sich sicher.

Nathalie wollte auch nach dem gemeinsamen Abendessen weiter an ihrem Laptop arbeiten, aber Martin verbot es ihr.

„Lass uns einfach den Abend genießen."

Und das taten sie vor dem Fernseher und gingen früh zu Bett. Am nächsten Morgen schien die Sonne direkt in ihr Schlafzimmer und weckte sie schon früh.

Nathalie stand zuerst auf und stellte sich nackt, so wie sie geschlafen hatte, an das Fenster. Als Martin erwachte, fiel sein Blick auf seine wunderschöne Frau, deren Körper ihm im Licht der Sonne wie eine durchsichtige Silhouette erschien. Leise, um sie nicht zu erschrecken, stand er auf und stellte sich dicht hinter sie.

„Du bist so schön, oh meine Nathalie, Du bist so wunderschön."

Dabei griff er über ihre Schultern und massierte ihre kleinen Brüste und zog leicht an ihren Brustwarzen, die zwischen seinen Fingern hart wurden. Nathalie drängte sich eng an ihn und spürte, wie sein Schwanz an ihrem Rücken wuchs und kräftig gegen sie klopfte.

Ohne dass Martin etwas sagte, drehte sich Nathalie herum, ging tief vor ihm in die Hocke und spreizte ihre Beine dabei weit auseinander. Martin konnte bei diesem Anblick seiner Frau nur laut aufstöhnen.

„Hintern oder Scheide?"

keuchte er.

„Ist egal",

stöhnte Nathalie zurück und ließ sich rücklings auf das Bett fallen.

Martin war zu erregt, um sie in ihren Hintern zu ficken, er wählte daher den einfacheren Weg und stieß seinen harten Schwanz tief in ihre warme Vagina.

„Ja, Martin, ja,"

stöhnte Nathalie und gebrauchte die ordinären Worte, auf die ihr Mann stand. Dass Daniel als Arzt ihr es noch nicht erlaubt hatte, vergaß Nathalie in diesem Moment der ungeheuren Lust.

„Fick mich, ja, Martin, fick meine Fotze, tiefer, Martin, fester, ja, so ist es gut, ja."

Sie drückte sich gegen seinen Schwanz und erlaubte ihm so, noch tiefer in sie hinein zu stoßen. Es dauerte nicht lange, und Martin spritzte ab. Keuchend warf er seinen Kopf in den Nacken und stöhnte laut auf, während sich sein Sperma tief in ihrer Scheide ausbreitete.

Nachdem er gekommen war, zog er seinen triefenden Schwanz aus ihr heraus und wusste, sie würde ihn sofort sauber lecken, was Nathalie auch tat. Kaum hatte sein Penis ihre warme Höhle verlassen, richtete sie sich auf und kniete sich vor ihn. Dann begann sie, seinen nassen Penis genüsslich abzulecken. Martin wusste, jetzt war sie sehr erregt, und als er sie fast gewaltsam von seinem Schwanz wegzog, jammerte sie leise.

„Du bekommst ja mehr, sei doch nicht so gierig",

zog er sie auf und legt sie mit dem Rücken aufs Bett. Zärtlich begann er, ihren Körper abzulecken und verweilte an ihren Brüsten, dessen Nippel er abwechselnd saugte. Er wusste, dass dieses Saugen ihren Kitzler anregte und sie erregte. Stöhnend griff Nathalie in seine Haare und dirigierte seinen Kopf weg von ihren Brüsten, hin zu ihrer Scham, die schon weit geöffnet bereit lag.

Diesem wundervollen herben Geruch konnte Martin nicht widerstehen, und er vergrub seinen Kopf zwischen ihren weiblichen Genitalien und leckte sie hart und heftig. Ihr Körper bewegte sich im Takt zu seinem Kopf und feuerte ihn an, sie endlich zu befriedigen.

„Bitte, Martin, bitte",

und Martin gab es ihr, gab ihr endlich den erwünschten Orgasmus indem er seinen Kopf etwas anhob und ihren Kitzler mit seinen Fingern umfasste. Er sah zu, wie diese Finger an ihm rieben und ihn massierten und in dem Moment, indem er abspritzte und Nathalie ihren Unterkörper aufbäumte, saugte er sich an ihm fest und genoss den Geschmack ihrer Tropfen, die der Kitzler in seinen Mund spritzte.

Ihre Oberschenkel hatten sich fest um seinen Kopf gelegt und gaben erst nach, als der Orgasmus ihren Körper ganz durchflutet hatte.

„Ich glaube, Nathalie, ich werde nie genug von Dir bekommen, ich liebe dich so sehr, meine kleine Nathalie."

„Ich kann auch nicht genug von dir bekommen, Martin. Ich liebe dich auch, sehr sogar."

Eng aneinander gekuschelt blieben sie noch eine Weile im Bett liegen. Aber dann lockte der Sonnenschein zu sehr, und sie standen auf. Gemeinsam gingen sie unter die Dusche, und gemeinsam aßen sie anschließend das Frühstück, das Martin zubereitet hatte. Doch schon beim frühstücken bemerkte Martin an Nathalies Augen, dass sie noch nicht genug hatte. Immer wieder sah sie erregt auf seinen Slip. Martin hatte ihn angezogen, nachdem sie geduscht hatten. Nathalie hatte sich ein leichtes, fast durchsichtiges Hauskleid angezogen, das ihre wunderschöne Figur unterstrich. Der Anblick ihres nackten Körpers, der sich unter dem Kleid abzeichnete, erregte den Penis von Martin erneut. Sein Atem wurde schneller, und ein Blick von Nathalie zeigte ihm, dass auch sie bereit war für eine neue Runde im Bett. Martin stand auf und trat hinter seine Frau, um ihr leichtes Kleid etwas anzuheben. Nur gerade so viel, dass er ihren kleinen, knackigen Po sehen konnte.

Schwer atmend nahm er ihre Pobacken in seine Hände und begann, sie zärtlich zu massieren.

Nathalie, die mittlerweile kräftig an der Wölbung seines Slips rieb, trat einen Schritt zurück, damit er ihr aus ihrem Kleid helfen konnte, und stand nun nackt vor ihrem Mann.

Martin schnappte bei ihrem Anblick nach Luft und zog sie heftig an sich, um dieses Mal seine Zunge tief in ihren Mund zu drücken, damit Nathalie daran saugen konnte. Was Nathalie nur allzu gerne tat. Ihre Hände erforschten den Inhalt seines Slips, und ihre Finger massierten zärtlich die Eichel seines Schwanzes, die heftig pulsierend nach mehr verlangte.

„Leck mich, bitte Nathalie, leck meinen Schwanz."

Erregt drückte Martin ihren Kopf nach unten. Nur allzu gerne kam sie seinem Wunsch nach und befreite seinen kräftigen Penis aus seinem viel zu engen Behältnis. Martin stöhnte auf, als sie ihre Zunge in die kleine Spalte seiner Eichel drückte, um die ersten Liebestropfen, die leicht schimmernd dazwischen waren, heraus zu lecken.

„Ja, Nathalie, ja. Das ist gut, ja. Nathalie, ja. Nimm ihn in den Mund, bitte Nathalie, nimm ihn, saug ihn, oh, ja, Nathalie!"

Schnell zog sie ihren Kopf zurück, denn sie wollte nicht, dass er schon kam. Sie wollte mit ihm zusammen einen Orgasmus erleben und zog ihn zum Bett. Die Augen von Martin verrieten seine Geilheit und zeigten Nathalie, dass es nicht mehr lange dauern würde, bis er abspritzte. Sie drückte ihn nach unten aufs Bett und kniete sich rücklings über sein Gesicht. Weit spreizte sie dabei ihre Beine auseinander und zeigte ihm so ihre wunderschöne Scham.

„Nathalie, oh, Nathalie, Du machst mich wahnsinnig!" stöhnte er unter ihr und drückte ihre Scham mit seinen Händen, die er in ihre beiden Arschbacken gekrallt hatte, tief auf sein Gesicht. Dann begann er, sie heftig zwischen ihren Schamlippen zu lecken und an ihrem

Kitzler zu saugen. Dieses Mal war es Nathalie, die laut aufstöhnte.

„Ja, Martin, ja. Das ist gut, ja. Ein wenig fester, ja Martin, nimm ihn in den Mund und sauge an ihm, fester Martin, ja, oh!"

Nathalie beugte sich hinunter, nahm sein Glied in ihre Hand und begann, den Schaft heftig zu wichsen. Wieder erschienen ein paar Liebestropfen in der kleinen Spalte der Eichel, und sie leckte sie zitternd ab. Mit der anderen Hand griff sie nach unten und massierte seine beiden Hoden. Erst zärtlich, dann ein wenig fester, bis er aufstöhnte.

„Nicht so fest, Nathalie, ja, so ist es gut, ja Nathalie. Komm, lecke mich wieder, Nathalie, bitte. Nimm ihn in den Mund."

Das musste er Nathalie nicht zweimal sagen. Sie stülpte ihre Lippen um seine inzwischen dick angeschwollene Eichel und fing an, kräftig an ihr zu saugen, während ihre Hände seinen Schwanz immer fester rieben. Währenddessen hatte Martin ihren Kitzler zwischen seinen Lippen und saugte so fest er konnte an ihm. Es dauerte nicht lange, und beide kamen gleichzeitig. Spritzten sich ihre Liebesergüsse gegenseitig in den Mund und stöhnten laut auf und ließen die Wogen der Erregung durch ihre Körper gleiten.

Eine Zeitlang lagen sie so und genossen ihre Orgasmen. Martin atmete den Duft ihrer Scham tief ein, und Nathalie hielt die mittlerweile erschlaffte Eichel immer noch fest in ihrem Mund. Erst nach einer ganzen Weile lösten sie sich voneinander, und Nathalie kuschelte sich eng an ihren Mann.

„Das war gut, hm, du warst gut."

„Du auch, meine liebste Nathalie. Ich mag es, wie du riechst und wie du schmeckst."

„Bei dir geht es mir genauso, weißt du das?

Beide lachten glücklich und kuschelten sich noch enger aneinander. Vergessen waren in diesem Augenblick alle Sorgen um die Firma.

„Gehen wir spazieren?"

„Gerne, Nathalie. Es ist einfach zu schön draußen, um hier drinnen zu bleiben."

Wie ein älteres Ehepaar verbrachten sie den Nachmittag mit einem langen Spaziergang und kamen erst am Abend müde zurück.

„Ich weiß bald nicht mehr, was ich noch machen soll", klagte Martin später am Abend, als sie im Bett lagen.

„Wenn es mir nicht bald gelingt, diesem Verbrecher auf die Spur zu kommen, dann müssen wir wohl oder übel diesen Teil unserer Firma aufgeben. Es ist schade um die vielen Arbeitsplätze, die dabei verloren gehen."

Der geruhsame Sonntag hatte nicht lange angehalten, denn schon hatten die Sorgen Martin wieder eingeholt. Er schlief sehr unruhig in der Nacht zu Montag und fuhr am nächsten Morgen wie gerädert zur Arbeit.

Als er in seinem Büro erschien, herrschte große Hektik und Aufregung.

„Was ist los?"

fragte er ungehalten, als er sah, dass alle zusammen standen und niemand arbeitete.

Der ältere Buchhalter, mit dem er eng auf der Suche nach dem Übeltäter zusammen arbeitete, kam herbei gelaufen.

„Martin, entschuldigen Sie bitte, aber Sie haben doch einen Laptop mit nach Hause genommen?"

„Ja, das habe ich, und es war mit Ihnen abgesprochen."

Bevor der alte Buchhalter antworten konnte, trat Frank, sein Stellvertreter ein paar Schritte vor.

„Entschuldigen Sie bitte, dann ist ja alles gut. Ich dachte, er wäre gestohlen worden."
„Nein, er ist bei mir zuhause. Was ist denn los?"
„Sie haben den falschen Laptop mitgenommen", beeilte sich der alte Buchhalter in den Raum zu rufen.
„Er gehört Frank", und er zeigte mit seinen Fingern auf den Stellvertreter.
„Kein Problem," antwortete Martin ruhig.
„Dann tauschen wir ihn morgen einfach um. Warum diese ganze Aufregung, ich verstehe das nicht?"
„Ich dachte, er wäre gestohlen worden", antwortete Frank sichtlich erleichtert.
„Ich könnte doch sofort zu ihrer Frau fahren und ihn austauschen."
„Nein, lassen Sie es gut sein, Frank. Morgen wird ja wohl nicht zu spät dafür sein, oder?"

Verärgert gab Frank nach, doch jeder konnte sehen, dass es ihm überhaupt nicht passte, und dass er sehr wütend darüber war.
Martin war erstaunt über seine Reaktion, ließ es aber vorerst dabei und arbeitete weiter mit dem älteren Buchhalter auf der Suche nach dem großen Unbekannten, der heimlich die Kasse der Firma leerte. Aus einem undefinierbaren Grund mochte Martin diesen Frank von Anfang an nicht. Er konnte nicht sagen warum das so war, es war einfach ein Gefühl, das ihn vor ihm warnte.
„Haben Sie mit irgendeinem Menschen in der Firma darüber gesprochen, warum ich hier bin und was wir suchen?"
hatte Martin noch einmal nachdrücklich seinen alten Buchhalter gefragt.
„Nein, Martin, ganz bestimmt nicht. Noch nicht einmal mit Frank, meinem Stellvertreter, habe ich über diese Angelegenheit gesprochen, und ich habe deshalb

auch schon ein schlechtes Gewissen. Immer wieder fragt er mich, warum wir beide so geheimnisvoll in den Firmenakten stöbern und nach was wir suchen. Ich habe ihm noch nicht mitgeteilt, dass sich jemand an den Firmenkonten bereichert."

„Nun, das ist gut so, lassen wir ihn sich wundern, und bitte sagen Sie ihm nichts von unserem Problem, das wir offensichtlich mit einem Mitarbeiter, dem wir vertrauen, haben."

Auch Daniel und Beatrice waren früh aufgestanden und hatten sich sofort, nachdem sie wach wurden, gegenseitig sexuell befriedigt. Beatrice mit ihrem Mund an Daniels Penis und Daniel mit seinem Mund an Beatrices Klitoris.

Anschließend hatten sie gemeinsam geduscht und gefrühstückt. Wohlgelaunt fuhren sie zur Praxis und begannen ihren Alltag. Dieses Mal wurden keine Rosen geliefert und Beatrice hoffte schon, dass der ganze Spuk zu Ende wäre. Doch als sie abends gemeinsam zu Daniels Wohnung kamen, erschraken beide. Ein riesiger Strauß Rosen, doppelt so groß wie die anderen Sträuße zuvor, lag direkt vor seiner Wohnungstür. Auf dem Kärtchen, das dabei lag standen dieselben Worte, wie schon an den Tagen zuvor:

‚Für die für mich schönste Frau des Universums.'

Beatrice schrie leise auf und blickte ängstlich um sich, als ob sie befürchtete, dass der Unbekannte plötzlich hinter ihr stehen würde.

„Komm, wir gehen erst einmal in die Wohnung",

sagte Daniel ruhig und bestimmend, obwohl auch er sich in diesem Moment nicht wohl fühlte. Als er die Karte aufklappte, zeigte es ihn und Beatrice, wie sie sich am Morgen in seinem Auto küssten. Nun wurde es Daniel heiß, und er rief sofort die Nummer der

Polizei an. Beatrice, die einen Blick auf das Bild geworfen hatte, sah Daniel ängstlich an.

„Ich weiß auch nicht mehr weiter",
sagte Daniel müde.

„Die Polizei muss endlich etwas unternehmen."
Und das sagte er ihnen auch ganz klar, als sie nach einer halben Stunde in die Wohnung kamen, um den Sachverhalt aufzunehmen.

Doch die Beamten schüttelten nur den Kopf.

„Noch hat er nichts Verbotenes getan. Rosen zu schicken ist keine Straftat."

„Aber er hat doch nicht nur Rosen geschickt, er hat auch Nacktbilder von mir gemacht",
warf Beatrice wütend ein.

„Ist das auch nicht verboten?"

„Doch, selbstverständlich, aber es berechtigt kein Eingreifen unsererseits, es tut mir wirklich leid. Gegen einen Spanner kann man eine Geldstrafe verhängen oder ihm eine Bannmeile auferlegen, aber ihn festnehmen, das können wir leider nicht. Wir können immer nur die Sache aufnehmen und hoffen, dass ihn einmal jemand dabei beobachtet und wir so endlich herausfinden, wer dieser Kerl ist, der sie belästigt. Mehr können wir im Moment wirklich nicht tun für Sie."

„Konnten Sie denn schon den Juwelier ermitteln, bei dem das Diadem gekauft wurde?"
Wieder musste der Polizist verneinen.

„Aber wir tun alles Mögliche, um ihn zu finden, glauben Sie es uns."

„Und den Blumenladen, haben Sie wenigstens schon den Blumenladen gefunden, bei dem er die Rosen bestellt und die sie ausliefern?"
Wieder verneinten die Polizisten und sahen betreten zu Boden.

„Danke",
sagte Daniel abschließend und geleitete die beiden Beamten hinaus.

„Wir müssen von nun an immer um uns sehen, vielleicht entdecken wir ihn ja selbst."
Beatrice nickte zustimmend.
„Du hast recht, Daniel. Solange du bei mir bist, habe ich auch keine Angst mehr."
Zärtlich schmiegte sie sich an ihn, und er legte seine Arme um sie. Daniel wusste, er würde sie bis aufs Blut beschützen.

Beatrice ging ins Gästezimmer, in dem sich noch einige Kleidungsstücke, die sie bei ihrem übereilten Auszug aus ihrer Wohnung mitgenommen hatte, befanden. Gedankenverloren trat sie ans Fenster und sah auf das Gebäude auf der gegenüberliegenden Straße. Von einem dieser Fenster aus hatte der Unbekannte sie fotografiert. Ein Schauder überlief Beatrice, wenn sie nur daran dachte. Schnell zog sie sich vom Fenster zurück, nahm ihre restlichen Kleidungsstücke und floh in Daniels Schlafzimmer.
„Was ist los?"
fragte er bestürzt, als sie sich hastig aufs Bett setzte.
„Ich hatte gerade aus dem Fenster vom Gästezimmer gesehen, und plötzlich bekam ich Angst, furchtbare Angst, ach, Daniel, wann hört das endlich auf?"
„Ich bin mir sicher, Beatrice, er wird bald gefasst werden."
Beruhigt kuschelte sie sich an Daniel. Ein tiefes Gefühl in ihr sagte ihr, dass sie keine Angst mehr haben müsste, dieser Mann, den sie so sehr liebte, würde sie beschützen.
Doch Daniel wollte mehr als nur kuscheln. Als sie sich in seinen Armen beruhigt hatte, fing er an, die Schnalle ihres Gürtels zu öffnen. Ein leichtes Stöhnen aus ihrem Mund bestätigte ihm, das er genau das Richtige machte. Leicht hob sie ihm ihr Becken entgegen, als er ihr die Hose herunterstreifte und half ihm, sie ganz auszuziehen. Der Slip, den sie jetzt

noch trug, war hellblau und harmonierte wunderbar mit ihrer leicht gebräunten Haut.

„Ihr Frauen wisst, wie Ihr die Männer verrückt machen könnt",

stöhnte Daniel an ihrem Hals, den er zärtlich mit seiner Zunge leckte.

Ganz zärtlich wanderten seine Hände unter ihr T-Shirt und schoben es hoch bis zu ihrem Hals. Wieder trug sie keinen Büstenhalter, und die beiden weichen Hügel hoben und senkten sich gleichmäßig mit ihren Atemzügen. Daniel stöhnte auf.

„Du bist so schön, Beatrice, du bist wunderbar."

Beatrice reckte ihre Arme nach oben, und Daniel schob ihr T-Shirt bis zur Hälfte und ließ es da.

„Daniel, bitte, zieh es ganz aus, ich kann mich nicht bewegen."

„Doch, meine kleine Beatrice, die Körperteile, die ich gerne an dir bewegen möchte, zeigst du mir gerade."

„Ich möchte dich aber auch mit meinen Händen spüren, und ich will deinen Penis streicheln, bitte Daniel, zieh mich ganz aus."

Doch statt ihrem Wunsch nachzukommen, leckte Daniel ihre Brüste und saugte fest an ihren Brustwarzen bis Beatrice aufstöhnte. Sofort hörte er auf und leckte ihre Achselhöhlen, erst die linke und dann die andere Seite. Eine Gänsehaut lief über Beatrices Körper.

„Daniel,"

flüsterte sie.

„Daniel, ja, ja, das ist gut, Daniel."

Dann sah sie sein Gesicht über ihrem, und ihr wunderbares Lächeln bewirkte, dass Daniel laut aufstöhnte und sie zärtlich auf ihre Lippen küsste. Ganz leicht strich er mit seinen Lippen über ihre und erregte Beatrices Körper bis in den letzten Nerv. So, als ob Daniel es gespürt hätte, versuchte er nun mit seiner Zunge zwischen ihre Zähne zu dringen, und

Beatrice öffnete sie ihm bereitwillig. Auch Daniel atmete heftiger, und Beatrice bemerkte, wie seine Erregung stieg. Sein Penis, der auf ihrem Bauch lag, wuchs und wurde härter, doch sie kam nicht an ihn heran, denn ihre Arme steckten noch in ihrem T-Shirt.

„Bitte, Daniel, bitte. Ich will Deinen Schwanz in meiner Hand spüren, bitte zieh mich ganz aus."

„Gleich, Beatrice, gleich."

Daniel rutschte ein wenig herunter, sodass Nathalie sein Glied nicht mehr auf ihrem Bauch spürte. Enttäuscht atmete sie heftig aus, doch dann spürte sie, wie seine rechte Hand anfing, die Innenseite ihrer Oberschenkel zu streicheln und sie etwas auseinander zu dehnen. Daniel hatte seinen Kopf von ihrem erhoben und sah dabei zu, wie sich ihre Scham langsam für ihn öffnete.

„Bleib so liegen",

flüsterte er ihr ins Ohr. Dann stand er auf, und Beatrice beobachtete, wie er den großen Standspiegel vor das Bett stellte. Er öffnete ihre Beine noch etwas weiter und schien zufrieden. Vorsichtig half er ihr, sich aufzusetzen und zog ihr endlich das störende T-Shirt aus. Dann setzte er sich breitbeinig auf die Kante des Bettes und zog Beatrice zu sich. Mit dem Rücken zu ihm setzte er sie auf seine weit gespreizten Beine, legte jedes ihrer Beine über seine Beine und zwang sie so, auch ihre Beine so weit sie konnte zu öffnen. Mit dem Rücken an seine Brust gelehnt, konnte sie sich im Spiegel betrachten.

„Leg Deine Arme um meinen Hals, bitte Beatrice, ja, so ist es gut. Jetzt rutsch noch ein bisschen tiefer, ja, Beatrice, so kann ich Dich gut sehen."

Beatrice hatte, wie er es wünschte, ihre Arme nach hinten um seinen Hals gelegt und drückte so ihre beiden Brüste nach vorne. Daniel atmete hart über ihr, und im Spiegel konnte sie an seinem Gesicht erkennen, wie ihn ihr Anblick erregte. Deutlich war ihre Scham zu sehen, doch Daniel schien noch nicht zufrieden.

Vorsichtig hob er ihre Beine und legte seine Arme um ihre Oberschenkel, sodass sie sich nach oben schoben und ihren Hintern leicht anhoben.

„Daniel,"

rief Beatrice peinlich berührt, als sie ihren eigenen Anblick im Spiegel sah. Weit war in dieser Stellung ihre Scham geöffnet und ihr Hintern zu sehen. Sogar ihre beiden Pobacken waren weit gespreizt und versteckten das runzlige kleine Loch nicht mehr zwischen ihnen. Aber Beatrice sah auch, wie zärtlich Daniel lächelte.

„Ich möchte, dass du genau siehst, was ich mit dir mache, Beatrice, und ich will, dass du dich entspannst und alles genießt, so wie ich. Siehst du, wie wunderschön dein Körper ist? Und das alles vertraust du mir an? Ach, Beatrice, ach."

Sein Atem wurde schneller, und sein Glied, das sich jetzt am Rücken von Beatrice befand, klopfte heftig. Auch Beatrice war durch den Anblick, den sie im Spiegel bot, sehr erregt geworden und konnte nun selbst sehen, wie sich ihre äußeren Schamlippen änderten. Je erregter Beatrice wurde, umso mehr schwollen ihre Schamlippen an und drehten sich nach außen. Durch die Schwellung versteckten sie aber die innenliegenden kleineren Schamlippen. So, als ob Daniel ihren Augen gefolgt wäre, zog er nun vorsichtig die äußeren Lippen ihrer Scham auseinander, und Beatrice atmete ein paar Mal heftig ein und aus, genau wie Daniel.

„Siehst du, wie schön du bist?"

flüsterte er.

Dann ließ er seine Hand noch etwas tiefer gleiten und stieß langsam, sodass Beatrice ihm mit ihren Augen folgen konnte, seinen großen mittleren Finger in ihre Scheide. Dieses Mal stöhnte Beatrice laut auf und versuchte, ihren Unterleib etwas weg zu ziehen, aber Daniel hielt sie umklammert.

„Gefällt es dir nicht, magst du meinen Finger nicht in deiner Vagina?"

„Doch, doch Daniel, aber ich habe so etwas noch nie beobachtet, aber das Gefühl deines Fingers in mir ist gut, sehr gut, Daniel, ja, noch ein wenig tiefer, ja, Daniel, ja, das ist gut."

Sie hatte ihre Augen kurz geschlossen und genoss das Gefühl, das sein Finger in ihr auslöste. Sie öffnete sie aber sofort wieder, als sie spürte, wie Daniel ihr noch seinen Ringfinger zu dem anderen einführte.

„Wenn du entspannt bleibst, wird es wunderschön für dich werden, kleine Beatrice",

flüsterte Daniel über ihrem Kopf. Und Beatrice entspannte sich und genoss seine Finger in ihr.

Daniel beugte sich etwas nach vorne und drückte Beatrice mit sich. Protestierend stöhnte sie auf, aber er hatte nur etwas, das neben dem Bett lag, aufgehoben.

„Was ist das?"

fragte Beatrice ängstlich, sah aber sofort, dass es ein Spielzeug war, ein Sexspielzeug, das aussah wie eine Aubergine. Sie musste ein wenig lachen.

„Das ist gut, lache, dann entspannst du dich."

Daniel hatte seine Finger aus ihrer Vagina herausgezogen und setzte nun das dickere, obere Ende des Dildos, der aussah wie eine übergroße Aubergine, an ihre Scheide.

„Ist das nicht zu dick?"

Ängstlich sah Beatrice hoch in Daniels erregtes Gesicht.

„Nein, nein, Beatrice,"

stöhnte er,

„nicht, wenn du dich entspannst."

Beatrice versuchte zu entspannen, und als er anfing, die Wölbung in sie hinein zu drücken, hielt sie für einen Moment die Luft an.

„Entspannen, meine liebe Beatrice, entspann dich, bitte."

Die Erregtheit in Daniels Stimme sprang auf Beatrice über. Mit großen Augen verfolgte sie im Spiegel, wie die übergroße Aubergine langsam von ihrer weit gedehnten Scheide aufgenommen wurde. Wieder überlief eine Gänsehaut ihren gesamten Körper, als sie sah, wie der Dildo langsam in ihrer warmen und feuchten Vagina verschwand.

„Ja, Daniel, ja, das ist gut, oh, Daniel."

Ihre Arme umschlangen seinen Hals so kräftig, dass sie seinen Kopf etwas herunterzog. Kaum war der Dildo ganz in ihr verschwunden, hantierte Daniel an seinem unteren Ende und stellte ihn so ein. Leicht vibrierend bewegte er sich von ganz alleine in Beatrice, und sie genoss es sichtlich, denn ihr Atem ging stoßweise und ihr ganzer Körper war angespannt, so, als ob sie auf etwas wartete. Sofort stellte Daniel den Vibrator höher, und Beatrices Körper zitterte. Sie konnte nicht glauben, was gerade mit ihr passierte und sah im Spiegel, dass es wirklich ihr Körper war, der so verwöhnt wurde. Sie spürte, wie der Dildo die Innenwände ihrer Scheide massierte und an die Stelle kam, von der sie wusste, dass dort ihr innerer Orgasmus seinen Anfang nahm.

„Ja, Daniel, ja, das ist genau richtig, ja."

So, als ob Daniel nur auf diese Worte gewartet hätte, legte er zwei seiner Finger um ihre Klitoris und fing an, sie langsam zu massieren. Mit großen Augen verfolgte nicht nur er das Geschehen im Spiegel vor ihnen, auch Beatrice sah erregt zu, wie er sie verwöhnte.

Als sie glaubte, es nicht mehr aushalten zu können, explodierte sie mit einem lauten Schrei, und es war ihr in diesem Moment egal, ob sie jemand hörte oder nicht. Der Orgasmus, der in ihrer inneren Scheide begann und aus der Spitze ihres Kitzlers explodierte, war zu enorm. Sie musste ihre Lust durch Schreie kundtun, und Daniel hinderte sie nicht daran. Er beobachtete alles im Spiegel, und seine Erregung wuchs ins Unermessliche.

Erst als Beatrice langsam in sich zusammen sank, zog er die ‚Aubergine' aus ihrer nassen Vagina.

„Willst du wissen, wie du schmeckst?"

Beatrice nickte dankbar und leckte das Spielzeug langsam, aber intensiv sauber. Doch Daniel überließ es ihr nicht ganz, er leckte die andere Seite davon ab.

„Mein Schwanz hält es kaum noch aus",

stöhnte er anschließend und hob sie von sich. Erst da sah Beatrice, wie riesig sein Penis angeschwollen war und kniete sich vor ihn. Im Spiegel beobachtete Daniel ihren süßen Hintern, den sie ungewollt dem Spiegel und Daniels Blicken darbot. Doch es dauerte nicht lange, und Daniels Schwanz spritzte ab. Kaum, dass Beatrice ihre Lippen über seine Eichel gestülpt hatte, spürte sie auch schon, wie er sein Sperma in sie hinein ejakulierte. Gurgelnd schluckte sie die riesige Menge seines Samens, und Daniel sah ihr erregt dabei zu.

Noch lange danach lagen sie nebeneinander im Bett und genossen es einfach, den Anderen neben sich zu spüren und ihn zu fühlen.

„Es ist schön, dass du da bist",

murmelte Daniel schon halb schlafend.

„Es ist schön, neben dir und bei dir zu sein",

antwortete Beatrice leise und kuschelte sich noch enger an ihn. Bald waren sie eingeschlafen und dachten nicht mehr an den Fremden, er ihnen das Leben erschwerte und der ihnen Angst einflößte.

Kapitel 11

Nachdem Martin zur Firma gefahren war, setzte sich Nathalie wieder an den kleinen Laptop. Sie musste unbedingt herausfinden, was sich hinter den geheimnisvollen Dateien, die mit einem Codewort gesperrt waren, verbarg. Als sie aber auch nach Stunden nicht weiter gekommen war, entschied sie sich, einen ihrer ehemaligen Studienkollegen aus Deutschland anzurufen, der nach Beendigung des Studiums nach Australien gezogen war. Ein Blick auf die Uhr zeigte ihr, dass es dafür noch nicht zu spät war. Kevin, so hieß ihr Studienkollege, und sie hatten sich auf der Universität einen Spaß daraus gemacht, die geheimen Codewörter ihrer Klassenkameraden zu knacken.

„Kevin, hallo, Kevin? Hier ist Nathalie, die Nathalie, die dir beim Knacken der Codewörter auf der Uni immer ein Stück voraus war."

„Du meinst die Nathalie, die mir beim Knacken der Codewörter immer ein Stück hinterher hinkte?"

Beide lachten.

„Weißt Du, wie viel Uhr es ist?"

„Ja, ich weiß, Kevin, es ist schon etwas spät bei Euch, aber bei hier uns ist es noch Tag."

„Was machst du denn noch so und warum rufst du gerade mich an?"

„Ach, Kevin, das ist eine lange Geschichte. Der Grund meines Anrufes ist, dass ich ein Problem habe und du der Einzige bist, der mir dabei helfen kann. Bitte, Kevin, ich weiß mir sonst keinen Rat mehr."

"Na gut, schieß los."

Dankbar erzählte ihm Nathalie, um was es ging, und je mehr sie erzählte, umso gespannter hörte Kevin ihr zu. Je mehr sie sich in ihre Arbeit vertieften, umso mehr wurde ihnen klar, dass sie es mit einem wirklichen Könner auf dem Gebiet der Informatik zu tun haben mussten. Aber langsam arbeiteten sie sich voran. Nathalie vergaß Zeit und Raum, und Kevin erging es genauso. Obwohl er längst im Bett liegen müsste, war sein Verstand klar.

Die Verbindung brach während des langen Telefongespräches mehrfach zusammen, aber letztendlich hatten sie es geschafft, und die Dateien des unbekannten Betrügers lagen offen vor Nathalie. Es würde eine Riesenarbeit sein, diese Dateien alle zu sichten und auszuwerten, und Nathalie wusste, dass ihr langsam, aber sicher, die Zeit davonlief.

Als Martin einige Zeit später nach Hause kam, berichtete Nathalie ihm freudestrahlend, dass sie dem Betrüger auf der Spur war und es nur noch Tage dauern könnte, bis sie ihn entlarven würde.

„Ich muss den Laptop morgen zurückgeben. Es ist der falsche. Dieser hier gehört Frank, unserem stellvertretenden Leiter der Buchhaltung."

Nathalies Arme fielen herab.

„Das würde ja bedeuten, dass all meine Arbeit umsonst war. Nein, Martin, das lasse ich nicht zu."

Fieberhaft überlegten sie, was zu machen war, und letztendlich entschied Nathalie, alle Dateien von Franks Computer auf den neuen Laptop, den Martin mitgebracht hatte, zu kopieren. Sie hoffte inständig, dass Frank ihre Manipulation an seinem Laptop nicht bemerken würde. Nathalie benötigte die halbe Nacht, um alles zu kopieren und die Dateien auf Franks Laptop in seinen ursprünglichen Zustand zurück zu versetzen. Müde fiel sie anschließend in einen unruhigen Schlaf, und als sie erwachte, schien die Sonne. Martin hatte sie nicht aufgeweckt und so war es fast Mittag, als sie aufstand. Ohne etwas zu essen setzte sie sich vor den kleinen Computer und begann erneut, die Dateien zu durchforschen.

„Bist du schon weiter gekommen?"

Martin küsste sie, als er abends müde nach Hause kam. Nathalie schüttelte den Kopf.

„Nein, noch nicht, aber ich bin mir sicher, dass es nicht mehr lange dauern kann. Wer immer es ist, er ist schlau, sehr schlau sogar."

„Machst du jetzt Mal eine kleine Pause, damit wir etwas essen können?"

„Natürlich, Martin, entschuldige bitte, aber das Jagdfieber hat mich sozusagen gepackt."

„Ja, das merke ich immer mehr."

Während Nathalie einen kleinen Imbiss zubereitete, duschte Martin. Schweigend aßen sie später zu Abend, und keiner sprach ein Wort. Jeder hing seinen Gedanken nach, und Nathalie konnte es kaum erwarten, sich wieder vor den Computer zu begeben. Martin ließ sie in Ruhe, denn er war abgespannt und müde.

Später sagte Martin Nathalie gute Nacht und küsste sie leicht auf ihren Mund.

„Mach doch für heute Abend Schluss. Dann bist du morgen umso frischer."

Aber Nathalie schüttelte ihren Kopf.

„Das kann ich nicht, Martin, ich habe Angst, dass uns die Zeit davon läuft, und außerdem habe ich das Gefühl, dass ich ganz nahe dran bin."

„Also gut, dann gehe ich allein ins Bett. Gute Nacht, Nathalie."

„Gute Nacht, Martin."

Verbissen sah sich Nathalie jede einzelne Datei an und bemerkte nicht, wie die Stunden verrannen. Erst als ihr immer wieder die Augen zufielen, ging sie erschöpft ins Bett und legte sich vorsichtig zu Martin, der tief und fest schlief. Eng an ihn geschmiegt, fiel

auch Nathalie in einen unruhigen Schlaf, aus dem sie erst gegen Mittag des folgenden Tages erwachte. Erst war sie ärgerlich auf Martin, dass er sie nicht geweckt hatte, aber auch froh darüber, dass er sie hatte ausschlafen lassen. Auf dem Tisch in der Küche lag ein Zettel, auf dem stand:
‚Ich liebe dich.'
„Ich dich auch,"
lächelte Nathalie, aß eine Kleinigkeit und setzte sich sofort wieder an ihren Laptop, um die noch verbleibenden Dateien zu untersuchen.

Wie sie es sich gedacht hatte, vergingen Stunden, in denen sie nur langsam voran kam. Doch die kleinen Puzzleteile bildeten sich langsam zu einem Gesamtbild, doch sie wollte Martin erst von ihrem Erfolg berichten, wenn sie alles zusammen hatte. Derjenige, der die Firma bestahl, musste ein sehr schlauer Mensch sein, da war sich Nathalie sicher.
Als Martin an diesem Abend nach Hause kam, war er kreidebleich.
„Was ist los, Martin, was ist los?"
rief Nathalie erschrocken aus, als sie ihren Mann sah.
„Wir sind am Ende, Nathalie. Wir sind total am Ende."
„Warum, Martin, was ist passiert? Sag es mir doch!"
„Dieser Mann, oder ist es vielleicht eine Frau? Ich weiß überhaupt nichts mehr, Nathalie, ich kann überhaupt nicht mehr klar denken."
„Komm, setzt dich erst einmal hin, und ich bringe dir einen Drink. Dann erzählst du mir in Ruhe, was heute in der Firma passiert ist."
Fast apathisch tat Martin, was Nathalie sagte und saß dann geistesabwesend auf der Couch, den Drink in seiner Hand.
„Nun erzähl, Martin, was ist heute passiert?"

Langsam schaute Martin hoch und so, als ob er es immer noch nicht fassen konnte, sagte er langsam, Wort für Wort:

„Heute wurden fast 50 Millionen Euro des Firmenvermögens abgebucht. Das war die letzte Reserve. Wenn wir das Geld nicht zurück bekommen, sind wir pleite und müssen Konkurs anmelden."

Nathalie musste sich setzen.

‚50 Millionen Euro,'

dachte sie entsetzt. Das war sehr viel Geld, auch für eine so große Firma, wie die ihres Vaters.

„Was will dieser Mensch denn mit 50 Millionen Euro anfangen?"

fragte sie Martin erschrocken. Aber er schüttelte nur seinen Kopf und hob hoffnungslos seine Schultern und ließ sie genau so hoffnungslos wieder sinken.

„Hast du schon mit der Polizei gesprochen?"

„Ich werde sie sofort anrufen. Ich habe es noch nicht einmal unseren treuen Buchhalter gesagt. Ich will nicht, dass, wer immer es auch ist in der Firma, weiß, dass ich dahinter gekommen bin. Ich tat so, als ob alles in Ordnung wäre, denn ich befürchte, dass er über alle Berge verschwindet, wenn er weiß, dass ich es heraus gefunden habe."

„Da kannst du recht haben",

stimmte Nathalie ihm nachdenklich zu.

„Hast du Dad schon angerufen?"

„Nein, Nathalie, ich wollte damit bis morgen warten, vielleicht hoffe ich ja noch auf ein Wunder."

Nathalie reichte ihm das Telefon, und Martin rief die Polizei an und berichtete, was sich in seiner Firma zugetragen hatte.

„Sie bitten uns, ins Revier zu kommen, um Anzeige zu erstatten",

sagte Martin müde, als er den Hörer aufgelegt hatte.

„Dann komm, lass uns gehen."

Obwohl Nathalie selbst nichts mit der Sache zu tun hatte, begleitete sie ihren Mann als Ehefrau zum zuständigen Polizeirevier, und es dauerte Stunden, bis sie wieder in ihr kleines Apartment zurück kehrten.

„Hast Du Hunger, Martin? Soll ich dir eine Kleinigkeit zubereiten?"

Aber Martin schüttelte seinen Kopf.

„Ich will nur noch schlafen, Nathalie. Bitte sei nicht böse, aber ich muss etwas schlafen, vielleicht fällt mir morgen etwas ein, was zur Aufklärung beitragen kann."

„Soll ich dir deinen Rücken massieren?"

Nathalie beugte sich über Martin, der ausgestreckt auf dem Bett lag.

„Das ist eine gute Idee, Nathalie."

Müde rollte er sich auf seinen Bauch, und Nathalie kniete sich über ihn. Zärtlich massierte sie seinen nackten Rücken, und obwohl Martin gedacht hatte, er könnte diese Nacht kein Auge zumachen, war er schon nach wenigen Minuten fest eingeschlafen. Sorgsam deckte Nathalie ihn zu und löschte das Licht im Schlafzimmer. Dann nahm sie sich die restlichen Dateien auf ihrem Laptop vor.

Wieder wurden ihre Augen müde, und als die ersten Sonnenstrahlen durch das Fenster lugten, schlief Nathalie ein, ohne der Lösung näher gekommen zu sein.

Dieses Mal wachte sie auf, als Martin aufstand, und gemeinsam frühstückten sie, obwohl beide kaum einen Bissen herunter bekamen.

„Dass mir das nicht zur Gewohnheit wird",

versuchte er zu scherzen.

„Was meinst du damit, Martin?"

„Na, getrennt schlafen, meine ich. Du auf der Couch und ich im Bett."

„Wenn schon getrennt, dann schläfst du auf der Couch, und ich bekomme das Bett",
versuchte Nathalie, ihren Mann etwas aufzuheitern. Doch beide wussten, dass das heute nicht klappen würde.
Martin küsste Nathalie kurz auf ihre Lippen, und dann verließ er das Haus.
„Dass mir das nicht zur Gewohnheit wird",
rief Nathalie ihm nach.
Martin kam noch einmal zurück.
„Was meinst du damit?"
„Na, dieser angedeutete Kuss von eben."
„Ach, so, entschuldige bitte."
Schnell beugte er sich noch einmal zu Nathalie hinunter und küsste sie zärtlich auf ihre Lippen.
„Besser so?"
„Mh, ja, aber ich glaube, es ist besser, wenn du jetzt gehst."
„Ja, das glaube ich auch."

Schnell lief Martin aus der Wohnungstür, denn, trotz aller Sorgen, er war ein junger Mann, und die Küsse seiner Frau verfehlten ihre Wirkung nicht. Auch Nathalie musste sich fertig machen, denn heute hatte sie den neuen Termin bei Daniel, an dem sie erfahren würde, was das Ziehen in ihrem Unterleib zu bedeuten hatte. Obwohl Nathalie es in der letzten Zeit nicht mehr gespürt hatte.
Als sie in der Praxis ankam, spürte sie, dass etwas anders war als sonst. Beatrice saß sehr verschüchtert auf ihrem Stuhl und sah immer wieder ängstlich zur Tür.
„Ist alles in Ordnung, Beatrice?"
fragte sie und sah besorgt auf die junge Frau vor ihr.
„Ja, ja, danke, Nathalie, es geht schon, "
versuchte Beatrice, ihrer Frage auszuweichen.

Nathalie sah, dass sie in Ruhe gelassen werden wollte und fragte nicht weiter. Als Beatrice sie in Daniels Untersuchungszimmer bat, hielt sie Nathalie die Plastiktüte mit dem kleinen Slip entgegen.

„Den haben Sie im Untersuchungszimmer verloren. Die Putzfrau hat ihn gefunden."

Nathalie errötete tief. Sie hatte den Verlust noch nicht bemerkt.

‚Was denkt Beatrice jetzt von mir?'
dachte sie beschämt.

„Würden Sie sich bitte ausziehen, damit ich Ihnen auf den gynäkologischen Stuhl helfen kann?"

Beatrices Stimme riss Nathalie wieder in die Gegenwart zurück.

„Aber Daniel sagte mir beim letzten Mal, dass ich nur kommen muss, um das Resultat des Abstriches zu bekommen. Er meinte, dass ich nicht mehr auf diesen Marterstuhl müsste."

Dieses Mal war es Beatrice, die errötete.

„Entschuldigen Sie bitte, Nathalie, Sie haben recht. Es tut mir leid, aber ich war in Gedanken ganz woanders."

„Ist schon gut, Beatrice. Ich sehe ja, dass es Ihnen nicht gut geht."

Schnell verließ Beatrice den Raum, und kurze Zeit später betrat Daniel das Zimmer.

„Hallo, Nathalie. Wie geht es dir? Verspürst Du immer noch ein Ziehen in deinem Unterleib?"

Nathalie schüttelte ihren Kopf.

„Nein, danke Daniel, aber es ist weg."

„Gut, das ist gut. Dann müssen wir nichts weiter unternehmen. Wie geht es dir, Nathalie?"

Forschend sah er sie mit seinen dunklen Augen an.

„Danke, Daniel. Mir geht es gut."

Und nach einer kurzen Überlegung fügte sie hinzu:

„Ja, es geht mir wirklich gut. Wir haben zwar große Sorgen mit der Filiale unserer Firma hier in dieser Stadt, aber ich bin mir sicher, dass wir, ich meine, dass Martin das in Ordnung bringt."

„Das freut mich für dich, Nathalie, wirklich."

„Und wie geht es dir, Daniel?"

„Ja, auch ich habe ein paar Sorgen, aber ich bin mir sicher, dass wir, ich meine ich, alles in Ordnung bringen."

„Wir?"

Große fragende Augen von Nathalie, die direkt in seinen sahen.

„Ja, weißt du, Nathalie, durch die Aufregung um den Stalker von Beatrice sind wir beide uns näher gekommen. Sie wohnt jetzt bei mir, und ich versuche, sie vor diesem Fremden zu beschützen."

Nathalie verspürte einen Stich in ihrem Herzen. Aber nur kurz, dann war er vorbei.

„Ich freue mich für Euch und hoffe, dass dieser Stalker bald gefasst wird."

„Danke, Nathalie, das wünschen wir uns auch. Alles Gute, und wenn du etwas benötigst, du weißt, wo du mich findest."

„Danke, Daniel,"

antwortete Nathalie leise.

„Umgekehrt gilt das gleiche auch für dich."

„Danke, Nathalie."

Sie sahen sich ein letztes Mal tief in die Augen, und dann beeilte sich Nathalie, sein Zimmer zu verlassen. Im Vorzimmer nickte sie Beatrice zu und lief nach draußen. In der frischen Luft ließ sie ihren Tränen freien Lauf. Sie wusste, nie mehr würden sie und Daniel sich gegenseitig sexuell verwöhnen. Es tat ein wenig weh, aber nur ein wenig, und sie beeilte sich, nach Hause zu kommen und freute sich auf Martin, ihren geliebten Mann.

Kaum in ihrem kleinen Apartment angekommen, setzte sich Nathalie wieder an ihren Laptop. Als sie auf die Uhr sah, kam ihr der Gedanke, ihren alten Freund In Australien noch ein letztes Mal anzurufen. Sie hatte eine bis dahin versteckte Datei auf ihrem Laptop entdeckt, wusste aber nicht genau, wie sie diese Datei öffnen konnte, ohne sie zu zerstören. Wieder hatte sie Glück, und Kevin war sofort bereit, ihr noch einmal zu helfen. Schritt für Schritt gingen sie die nötigen Schritte durch, und nach etwa zwei Stunden hatten sie es geschafft und die Datei war geöffnet.

Sie bestand aus vielen Zahlenkombinationen, und Kevin ahnte, dass jetzt die Arbeit erst anfangen würde. Es machte sich bezahlt, dass Beide während ihrer Studienzeit sich hauptsächich mit diesen Dingen beschäftigt hatten. Wieder vergingen Stunden, doch sie begriffen, dass sie Schritt für Schritt der Lösung näher kamen. Aus dem Puzzle-Durcheinander wurde langsam ein Gesamtbild.

Doch sie mussten eine Pause einlegen, denn das Telefonprogramm, das sie benuzten, versagte wieder einmal den Dienst.

Nathalie wusste, dass sie ohne die Hilfe Kevins nicht alleine weitermachen konnte und bereitete stattdessen ein leckeres Abendessen für Martin.

Als er spät am Abend müde nach Hause kam, sah sie ihm sofort an, dass er nichts erreicht hatte.

„Ich habe deinen Vater angerufen. Ich hatte keine andere Wahl mehr, "
erzählte er seufzend.

„Was meint Vater?"

„Er ist aus der Haut gefahren, das kannst du dir ja vorstellen. Aber nachdem er sich etwas beruhigt hatte, sagte er, dass er erst seine Anwälte konsultieren wollte, bevor er weitere Schritte unternimmt."

„Hast du es heute dem Chef der Buchhaltung erzählt?"

„Nein, Nathalie, nein, habe ich nicht. Eine innere Stimme sagte mir, ich sollte noch damit warten."

Nathalie hätte gerne mit ihm über ihre Fortschritte gesprochen, aber als sie sah, wie abgespannt Martin war, ließ sie es sein. Zusammen aßen sie zu Abend, und später versuchten sie, gemeinsam etwas fernzusehen, aber Martin war nicht bei der Sache. Immer wieder schweiften seine Gedanken ab. Eigentlich hatte Nathalie sich vorgenommen, diese Nacht weiter an ihrem Laptop zu arbeiten, aber als sie sah, wie fertig Martin war, gab sie es auf. Lieber verwöhnte sie ihn ein wenig, damit er auf andere Gedanken kam.

Als ihre Hand unter die Bettdecke glitt, bemerkte sie, dass Martin keinen Schlafanzug anhatte, sondern nackt zwischen den Laken lag.

„Nathalie,"

er versuchte, ihre Hand weg zu drücken,

„Nathalie nicht, ich bin müde."

„Ach, ja? Hast Du das auch Deinem Freund da unten zwischen deinen Beinen gesagt? Weiß er das?"

Die neckischen Worte Nathalies verfehlten ihr Ziel nicht. Strampelnd befreite sich Martin von den leichten Laken und lag nun nackt vor seiner Frau, die den Schaft seines Gliedes während seines Umherzappelns nicht losgelassen hatte.

„Nathalie, meine liebe Nathalie,"

stöhnte Martin leise und ließ es zu, dass ihre Zunge zärtlich über die Eichel seines Schwanzes leckte. Erst zart und leicht, aber als sich die ersten Tropfen in seiner Spalte zeigten, intensiver und gierig.

„Nathalie, Nathalie,"

stöhnte Martin nun heftiger. Er hob seinen Kopf und sah Nathalie zu, wie sie seine Eichel in ihren Mund aufnahm und an ihr saugte. Tief sah sie ihm dabei in seine Augen, was ihn noch mehr erregte.

„Ich will dich reiten",
stieß sie auf einmal hervor.
„Bitte, Martin, lass mich dich reiten."
„Komm, setz dich auf mich, ja, Nathalie, ja."
Nathalie ließ sein Glied los und stand auf. Langsam hob sie ihr Kleid hoch und zog es über ihren Kopf. An ihrer Scham konnte er erkennen, dass die ersten Härchen am sprießen waren, und dieser Anblick erregte ihn stark. Sein Atem ging heftiger, und alle Sorgen um die Firma waren mit einem Mal wie weggeblasen.

Nathalie stieg über ihn und kriete sich direkt über seinen harten Penis. Mit der einen Hand stützte sie sich auf der Brust von Martin ab, und mit der anderen Hand führte sie die Eichel seines Schwanzes an die Öffnung ihrer Scheide. Zuerst steckte sie ihren Mittelfinger tief in ihre feuchte Vagina und fickte sich ein paar Mal, dann drückte sie seine Eichel gegen die nun feuchte Öffnung und setzte sich vorsichtig darauf.

Als ihre warme, nasse Scheide seinen harten Schwanz ganz in sich aufgenommen hatte, beugte sich Nathalie nach vorne und steckte ihm den Mittelfinger in seinen Mund, den sie zuvor in ihrer Scheide hatte. Genüsslich leckte er ihn ab und griff dann um Nathalies Taille. Er hob und senkte sie auf seinen Schwanz in ihr, doch das war es nicht, was Nathalie wollte. Sie wehrte seine Hände ab und legte sie stattdessen auf ihre Brüste.

„Streichele sie, bitte Martin, massiere sie und reibe meine Nippel."
Dann begann sie, seinen Schwanz zu reiten. Auf und nieder und hin und her und je wilder ihre Bewegungen wurden, umso heftiger wurde sein Griff um ihre Brüste und Brustwarzen.

„Ja, Martin, ja, oh, Martin."
Nun stützte sich Nathalie mit beiden Händen auf seine Brust, und ihre Bewegungen wurden noch heftiger und schneller, bis sie mit einem lauten Schrei, den sie eigentlich wegen der Hellhörigkeit der Wohnung nicht schreien wollte, über ihm zusammen fiel.
Der Orgasmus, der dabei durch ihren Körper fuhr, war so stark, dass sie sich an einer seiner Brustwarzen festbiss und Martin leise aufschrie. Als ihre Lust abebbte, zog Martin sie von sich herunter und legte sie neben sich aufs Bett. Dann kniete er sich über sie und stieß seinen harten Schwanz in ihre nasse Vagina und fickte sie, bis er tief in ihr abspritzte. Heftig atmend lagen sie anschließend nebeneinander und streichelten ihre nassen Körper.
„Ich liebe dich so sehr, Martin",
flüsterte Nathalie und wusste, sie liebte ihn wirklich.
„Ich liebe dich auch, meine kleine Nathalie, ich liebe dich so sehr, dass ich keine Worte dafür finde."

„Es scheint, als ob ich nicht der Einzige bin, der im Moment richtig geil ist."
Langsam schleckte er seinen Finger ab und steckte ihn erneut tief in sie hinein und fing an, sie damit zu ficken.
„Mehr, bitte gib mir mehr Finger, bitte Martin."
Die kleinen Brüste von Nathalie hoben und senkten sich und zeigten so ihre Erregung.
Martin beugte sich zwischen ihre Beine und drückte sie etwas auseinander. Dann steckte er ihr langsam vier der Finger seiner rechten Hand tief in ihre nasse Vagina. Den Daumen legte er zwischen ihre geschwollenen, äußeren Schamlippen und fing an, den Kitzler kräftig zu reiben, während die restlichen Finger sie tief in ihrer Fotze massierten.
Nathalie stöhnte genüsslich auf.

„Das ist gut, Martin, ja, das machst du wirklich gut, etwas fester, ja, Martin, ja, fester, fick mich Martin, fick mich mit deinen Fingern."

Ihr Unterkörper bäumte sich ihm entgegen, und Martin konnte nicht genug von ihrem geilen Anblick bekommen. Außerdem war der Duft ihrer weiblichen Scham heute extrem, genauso wie er ihn liebte.

Martin konnte nicht anders, er drückte sein ganzes Gesicht in ihre Scham und leckte ihre kleinen Schamlippen heftig mit seiner Zunge.

„Ja, oh das ist gut, ja",

stöhnte Nathalie auf.

„Ja, Martin, weiter, nicht aufhören, Martin, bitte, ah!"

Ihren Kitzler fest zwischen seinen Lippen und seine Finger tief in ihrer Scheide, fickte er sie, bis sie kam. Ihr Körper bäumte sich erneut auf, wand sich unter ihm, und ihre Lippen formten Laute, die ihren Orgasmus kundtaten. Sie schrie ihn nicht hinaus, denn sie hatte dieses Mal Angst, dass die Nachbarn sie hören könnten.

Erst als sie sich etwas beruhigt hatte, gab Martin sie frei. Dann zog er seine Finger aus ihr heraus und drehte sich langsam zu ihr um.

„Gib mir Deinen Arsch, Nathalie, bitte. Lass mich heute Deinen Arsch ficken, bitte."

Fast flehentlich sah er sie dabei an.

Wortlos drehte sich Nathalie herum, kniete sich vor ihn, beugte sich nach vorne und zog dabei ihre beiden Arschbacken mit ihren Händen weit auseinander. Bereitwillig zeigte sie ihm so die dunkle, enge anale Öffnung zwischen ihren kleinen, festen Pobacken, versuchte sogar, ihn etwas auseinander zu ziehen.

Martin stöhnte auf bei dem Anblick des von vielen kleinen Runzeln umhüllten dunklen Loches und konnte seine Erregung kaum noch kontrollieren. Vorsichtig bohrte er den nassen Mittelfinger, der eben noch in Nathalies Scheide gesteckt hatte, tief in dieses enge, gerunzelte Loch. Erst wollte sie sich dem Druck entziehen, aber hielt ihm dann doch stand. Dann drückte er den nassen Ringfinger dazu und fickte sie mit beiden Fingern tief in ihren Arsch. Nathalie stöhnte unter dem Druck, aber hielt ihm immer noch Stand. Erst als er den triefenden Zeigefinger mit hinein drücken wollte, rutschte sie ihm davon, aber er zog sie sofort zurück, und mit dieser Bewegung drückte er seinen Zeigefinger tief zu den anderen hinein.

Nathalie warf ihren Kopf in den Nacken und stöhnte laut auf. Die drei Finger in ihrem Hintern dehnten sie enorm und erzeugten einen Druck, den sie kaum aushielt.

Erst nachdem sie sich auch daran gewöhnt hatte, fing Martin an, die Finger in ihrem Hintern zu spreizen. Erst ein wenig und dann immer weiter auseinander, bis ihr Arschloch die gewünschte Öffnung erreicht hatte. Nathalie drohte immer wieder zusammen zu knicken, aber die andere Hand von Martin hielt sie aufrecht. Erst als er glaubte, sie weit genug gedehnt zu haben, stieß er seinen Schwanz tief in ihre feuchte Vagina. Ein paar Mal fickte er sie dort und setzte dann seine triefende Eichel an ihr hinteres Loch und drückte sie ganz langsam in ihren Arsch, während er gleichzeitig seine Finger aus ihm herauszog.

Wieder stöhnte Nathalie laut auf und war ihren Kopf in den Nacken.

„Nathalie, bitte entspann dich, dann wird es leichter, bitte Nathalie."

In diesem Moment glaubte Nathalie, die Stimme Daniels zu hören und entspannte sich sofort. Tief drückte Martin seinen Schwanz in ihren Arsch, und erst als er ganz in sie hinein geglitten war, fing er an, sie dort zu ficken.

„Ja, das ist gut, Martin, ja."

Nun, da sich ihr Hintern an die Größe seines Schwanzes gewöhnt hatte, fing Nathalie an, es zu genießen. Sie streckte ihm ihren Hintern noch dichter entgegen, so, als ob sie auch seine Eier in sich aufnehmen wollte.

„Ja, Martin, fester, ja, gib es mir, ja, fick meinen Arsch."

Diese Worte, die Nathalie nie zuvor benutzt hatte und erst durch Daniel gelernt hatte zu gebrauchen, versetzten Martin in wilde Ekstase. Heftig in sie hineinstoßend und dann wieder aus ihr heraus, fickte er sie, bis er abspritzte und seine Wollust laut herausschrie.

Seine Hände hatten sich tief in ihre beiden Pobacken vor ihm gekrallt, und Nathalie stöhnte vor lustvollem Schmerz. Erschrocken ließ er sie los.

„Du bist phantastisch, Nathalie. Du bist so gut."

Dankbar klopfte er ihr auf ihre Hinterteile, nur ganz leicht, um ihr nicht weh zu tun.

„Du bist auch gut, mein lieber Mann."

„Warte, ich ziehe meinen Schwanz aus deinem Arsch."

„Nein, nein, lass ihn noch etwas drin. Ich mag das Gefühl."

Nathalie schnurrte wie ein kleines Kätzchen und legte sich vorsichtig auf ihren Bauch, darauf bedacht, ihn nicht aus seinem engen Gefängnis zu entlassen.

„Bin ich nicht zu schwer für dich?"

Martin lag auf ihrem Rücken, und sein Schwanz steckte noch tief in ihrem Hintern.

„Nicht, wenn du dich ein wenig auf deine Arme abstützt."

Nathalie lachte leise.

„Sex mit dir ist wunderschön, ich kann einfach nicht genug davon bekommen."

„Ja, mir geht es genauso. Am liebsten würde ich meinen Schwanz den ganzen Tag in dir lassen, ob es dein Mund, deine Scheide oder dein Arsch ist, es ist mir egal. Hauptsache ganz tief in dir drin."

Nathalie wand sich unter ihm und genoss das Gefühl, das er in ihr erzeugte. Auch ihr gefiel es, wenn sein Schwanz tief in ihr steckte, egal in welchem ihrer Löcher, die sie ihm bereitwillig zur Verfügung stellte.

Erst als sein Penis wieder seine normale Größe erreicht hatte, zog Martin ihn vorsichtig aus ihrem engen Loch.

„Gute Nacht, mein Schatz."

„Gute Nacht, Martin, ich liebe dich."

„Ich liebe dich auch, Nathalie."

Eng aneinander geschmiegt, fielen sie kurze Zeit später in einen tiefen Schlaf und vergaßen so für einige Stunden, die dunklen Wolken, die über ihrer Firma schwebten.

Kapitel 12

Daniel und Beatrice hatten einen ruhigen Tag, und es wurden wieder keine Rosen vor die Sprechzimmertür gelegt. Doch beide wussten, das hatte nichts zu bedeuten. Nachdem sie alle Patientinnen versorgt hatten, fuhren sie als erstes zu Beatrices Wohnung, um ein paar Dinge zu holen, die Beatrice unbedingt benötigte. Als sie vor ihrer Wohnungstür standen, schrie Beatrice auf. An ihrer Tür prangte ein großes Poster von ihr, dass sie nackt an ihrem Schlafzimmerfenster zeigte. Auf dem Poster stand mit großen Buchstaben:
‚Es dauert nicht mehr lange, dann gehörst du mir allein.'
Beatrice warf sich in Daniels Arme und weinte hemmungslos.
„Daniel, ach, Daniel! Was sollen wir nur machen?"
Wütend riss Daniel das Poster von der Tür.
„Mach schnell, Beatrice, pack die Dinge ein, die du unbedingt holen wolltest, und dann verschwinden wir von hier."
„Aber Daniel, jeder, der hier vorbeiging, hat mich nackt gesehen."
„Ich weiß, mein Liebling, ich weiß. Glaubst du, mir ist das recht? Glaubst du, ich mag es, wenn alle die Frau, die ich liebe, nackt sehen können?"
Eng drückte er die zitternde Beatrice an sich, und fast fluchtartig verließen sie gemeinsam das Apartmentgebäude, in dem sich Beatrices Wohnung befand.
„Sollen wir zur Polizei fahren?"
Fragend und scheu sah Beatrice Martin an. Doch er schüttelte den Kopf.

„Das hat doch keinen Sinn, Beatrice. Wenn er merkt, dass du mir gehörst, gibt er vielleicht Ruhe. Lass uns nach Hause fahren."

Doch als sie vor Daniels Wohnung angekommen waren, prangte auch dort ein Riesenposter. Dieses Mal zeigte es Beatrice, wie sie ihren nackten Hintern ungewollt seiner Kamera preisgegeben hatte. In der Vergrößerung waren deutlich ihre Schamlippen und die kleine dunkle Öffnung ihrer Scheide zu sehen. Auch dort war mit großer Schrift ein Satz angebracht: ‚Das alles wird bald mir gehören, mir allein, und nur ich allein werde dich in Zukunft ficken!'
„Nein, nein, Daniel,"
wimmerte Beatrice.
Wütend riss Daniel das Poster hinunter und öffnete die Tür seines Apartments. Unter der Tür lag ein weißer Briefumschlag. Daniel wollte ihn vor Beatrice verstecken, denn er ahnte, dass es nichts Gutes bedeuten konnte. Doch Beatrice hatte ihn auch gesehen und sich danach gebückt.
„Er ist bestimmt für mich, Beatrice, bitte."
Zögernd legte ihn Beatrice in Daniels ausgestreckte Hand. Als er ihn öffnete, fiel ein Bild heraus, und Beatrice wusste, es war wieder eine Nachricht von dem Fremden, dem Mann, der sie verfolgte. Dieses Mal zeigte das Bild Beatrice nackt auf ihrem Bett, die Finger ihrer rechten Hand zwischen ihrer Scham und die Finger der linken Hand auf ihrer rechten Brust. Ein glückliches Lächeln lag auf ihren Lippen, und sie waren leicht geöffnet, während ihre Augen geschlossen waren. Auf dem Zettel, der sich im Umschlag befunden hatte, stand:
‚Meine Geliebte, morgen sieht dich so die ganze Stadt. Alle sollen wissen, was ich besitze und mit wem ich mich bald ganz allein vergnüge.'

„Daniel, Daniel, oh Daniel, was sollen wir nur machen?"

„Ich rufe die Polizei an."

Wieder standen zwei Polizisten in der Wohnung von Daniel, und Beatrice schämte sich entsetzlich, als sie das Foto von ihr aufmerksam betrachteten.

„Das nächste Mal, wenn Sie ein Plakat oder einen Brief vorfinden, dann bitte ich Sie, es nicht mehr anzufassen, denn es erleichtert uns die Suche nach Fingerspuren." Daniel schlug sich mit der flachen Hand gegen die Stirn.

„Natürlich, selbstverständlich, daran habe ich überhaupt nicht gedacht."

„Ich will, dass es endlich aufhört",

weinte Beatrice laut auf.

„Ich halte es nicht mehr aus, schließlich bin ich es, die nackt in der Öffentlichkeit gezeigt wird. Ich schäme mich so entsetzlich."

Alle Versuche der Beamten und von Daniel, sie zu trösten, schlugen fehl. Beatrice weinte sich später in den Schlaf. Daniel, der neben ihr lag, konnte vor Wut nicht einschlafen und wusste, sollte er diesen fiesen und gemeinen Kerl in seine Finger bekommen, könnte er für nichts mehr garantieren. Doch dann beruhigte er sich wieder. Gewalt war keine Lösung, und es war auch nicht seine Art.

Als sie am nächsten Morgen erwachten, dachten sie als erstes an die Nachricht, die der Fremde gestern geschickt hatte. Während sie frühstückten, verfolgten sie die Nachrichten im Fernsehen und mussten dabei erkennen, dass der unbekannte Stalker von Beatrice seine Drohung ernst gemacht hatte. Groß berichteten alle Fernsehstationen von dem Riesenplakat, das an einer Säule mitten in der Stadt prangte und das Beatrices nackten Körper in all seinen Einzelheiten bis ins kleinste Detail zeigte. Beatrice brach weinend zusammen. Auch den Satz, der unterhalb ihres Körpers auf dem Plakat stand, konnten alle lesen: ‚Diese wunderschöne Frau wird in ein paar Stunden mir ganz allein gehören.'

„Ich kann heute nicht arbeiten, bitte Daniel, ich kann heute nicht unter die Leute gehen. Jeder wird mit Fingern auf mich zeigen."
„Ich will dich nicht alleine hier in der Wohnung lassen, was sollen wir nur tun? Die Patientinnen warten auf mich."
Daniels Gehirn arbeitete fieberhaft, und plötzlich sprang er auf.
„Ich weiß, wen ich bitten kann, auf dich aufzupassen."
Sofort wählte er eine Nummer und sprach einige Sätze. Dann kehrte er zu Beatrice zurück, die zusammen gekauert auf der Couch saß.
„Ich habe Nathalie angerufen. Sie kommt sofort."
„Warum Nathalie, warum gerade sie?"
Erstaunt sah Daniel auf Beatrice hinunter.
„Was meinst du damit, Beatrice? Warum nicht gerade sie?"
„Ich hatte Euch damals beobachtet, als du mit ihr segeln warst."
Ein lautes Aufschluchzen folgte Beatrices Worten.
„Ach, du Dummerchen. Nathalie ist eine liebe alte Freundin, mach dir bitte keine Sorgen. Ihr vertraue ich vollkommen, und schließlich vertraue ich ihr das Liebste an, das ich besitze, nämlich dich."
„Meinst du das wirklich?"
„Ja, ich habe es aber erst jetzt bemerkt, wie sehr ich dich liebe."
Daniel nahm Beatrice zärtlich in seine Arme und küsste sie liebevoll.

„Ist jetzt alles wieder gut?"
Beatrice nickte ihn dankbar an.

„Ja, Daniel, ach, wenn du wüsstest, wie sehr ich dich liebe."

Als es klingelte, sprang Daniel auf, um die Tür zu öffnen. Eigentlich war es zu früh, als dass es Nathalie sein konnte. Als er die Tür öffnete, standen zwei Polizisten davor.

„Guten Morgen, dürfen wir eintreten?"

„Bitte, kommen Sie herein."

Mit einer einladenden Geste bat Daniel sie herein.

„Wir dachten, dass es vielleicht besser ist, wenn wir Beatrice heute nicht aus den Augen lassen. Wenn es Ihnen recht ist, begleiten wir Sie zur Praxis."

„Nein,"

antwortete Daniel entschieden.

„Beatrice wird das Haus nicht verlassen. Ich habe eine vertrauenswürdige Bekannte gebeten, heute bei ihr zu bleiben. Sie können gerne hier bleiben, wenn Sie es für nötig halten."

Die Polizisten nickten.

„Ja, das halten wir für nötig."

„Siehst du, mein Schatz, jetzt hast du heute drei Beschützer, und ich bin mir sicher, dass dir nichts passiert. Bist du jetzt etwas beruhigter?"

Beatrice nickte.

„Ja, danke, Daniel. Jetzt fühle ich mich etwas besser."

Ein paar Minuten später klingelte es erneut an der Wohnungstür, und dieses Mal war es Nathalie, die sich beeilt hatte, zu Daniels Wohnung zu kommen. Daniel unterrichtete sie kurz über das Vorgefallene und bat Beatrice, für die Polizisten und Nathalie Kaffee zu kochen und einige kleine Häppchen vorzubereiten. Dann beeilte er sich, um noch halbwegs pünktlich in die Praxis zu kommen. Beatrice lief nervös von einem Zimmer zum anderen, während die Polizisten abwechselnd aus den Fenstern sahen und aufmerksam nach draußen blickten.

„Beatrice, macht es dir etwas aus, wenn ich ein wenig an meinem Laptop arbeite?"

„Nein, Nathalie, natürlich nicht. Entschuldige bitte, dass ich so unruhig bin, aber ich habe wirklich Angst."

„Das kann ich verstehen, Beatrice. Aber du bist doch nicht alleine, wir passen auf dich auf."

Die netten Worte Nathalies konnten Beatrice aber nicht beruhigen, und während sie weiter auf und ab lief, versuchte Nathalie, sich auf ihre Recherchen auf dem Laptop zu konzentrieren. Langsam arbeitete sie sich durch die Dateien durch, und plötzlich stieß sie auf eine, die ihr die Schamesröte ins Gesicht trieb.

Sie sah Bilder von Frauen und deren Geschlechtsteile, abgebildet bis ins kleinste Detail. Es kam Nathalie vor, als ob nicht alle Frauen glücklich darüber waren, dass sie so fotografiert wurden. Eine der Frauen schien sogar zu weinen. Sie war an Armen und Beinen an die Bettpfosten eines breiten Bettes gefesselt und lag mit weit gespreizten Beinen vor der Kamera. In ihrer Scheide steckte ein riesiger Dildo, und aus dem engen Loch ihres Hinterns ragte ein weiterer Dildo heraus, der so dick war, dass die Runzeln des Loches sich bis an die Grenzen ihrer Möglichkeiten auseinander dehnten.

Außerdem waren die Hände eines Mannes zu erkennen, die die Schamlippen dieser Frau weit auseinander zogen und so ihre intimsten Genitalien preisgaben.

Nathalie stand auf und musste heftig atmen. Dieser Frank schien eine abartige Fantasie zu besitzen, denn wie sonst konnte sie sich erklären, dass er solche Bilder machte und sie auf seinem Computer speicherte?

Dankbar nahm Nathalie eine Tasse Kaffee, die ihr Beatrice anbot, und setzte sich auf die Couch. In diesem Moment klingelte das Telefon. Die

Polizistinnen deuteten Beatrice durch Zeichen an, den Hörer abzunehmen und stellten sich ganz dicht neben sie, um eventuell das Gespräch belauschen zu können.

Nachdem Beatrice ein paar Mal genickt und „ja" gesagt hatte, legte sie den Hörer wieder auf.

„Es war der Hausmeister. Er sagte, dass er das Becken im Bad inspizieren müsste, da es im Badezimmer einen Stock tiefer einen Wasserschaden gegeben hatte."

Die Polizisten sahen sich fragend an.

„Beatrice, Sie rufen am besten Daniel an und fragen ihn, ob wir den Hausmeister hereinlassen können. Übrigens, kennen Sie ihn?"

Beatrice schüttelte ihren Kopf.

„Nein, ich kenne ihn nicht, und Daniel hat auch nie von ihm gesprochen."

Sofort griff Beatrice nach dem Telefon, um Daniel anzurufen, doch sie erreichte ihn nicht. Jedes Mal, wenn sie die Nummer der Praxis wählte, bekam sie einen Besetztton. Selbst als die Polizisten versuchten, ihr Revier anzurufen, erhielten auch sie einen Besetztton.

„Ich rufe meinen Mann mit meinem Handy an, vielleicht kann er Daniel erreichen."

Schnell nahm Nathalie ihr mobiles Telefon aus ihrer Handtasche und versuchte damit, Martin zu erreichen. Zwar bekam sie einen Klingelton, aber niemand hob ab.

„Was machen wir nun?"

Die Polizisten, Beatrice und Nathalie sahen sich fragend an.

„Dann machen wir die Tür nicht auf. So einfach ist das."

Nathalie war dankbar über die Entscheidung der Polizisten, und als wenig später an die Tür des

Apartments geklopft wurde, machten sie nicht auf. Der Hausmeister war sehr ärgerlich und konnte nicht verstehen, warum man ihm den Eintritt verwehrte. Laut schimpfend ging er davon, und die Anwesenden atmeten auf.

Ungefähr eine Stunde später bemerkte Nathalie als erste den weißen Briefumschlag, den jemand unter der Tür durchgeschoben hatte. Sie hob ihn auf und zeigte ihn den herbeieilenden Polizisten.

„Nicht berühren, nicht berühren",
riefen diese wie aus einem Mund, aber es war zu spät. Nathalie hatte ihn schon in der Hand.

„Es tut mir leid, aber ich habe nicht daran gedacht, dass eventuell Fingerabdrücke darauf sein könnten."

Immer noch konnte man mit dem Telefon des Apartments nicht nach draußen telefonieren, und so verständigte Nathalie mit ihrem Handy das zuständige Polizeirevier. Dort teilte man ihr mit, dass man sofort jemand vorbei schicken würde. In der Zwischenzeit setzte sich Nathalie wieder an ihren Laptop und sah sich widerwillig weitere Nacktfotos von Frauen an. Plötzlich stutzte sie. Das Bild, das sie jetzt sah, verschlug ihr den Atem. Es war ein Nacktfoto von Beatrice, und sie schien absolut damit einverstanden zu sein, denn sie lächelte. Nackt lag sie auf ihrem Bett, und ihre Hände spielten mit ihren Genitalien. Nathalie war sich sicher, dass Beatrice in diesem Moment wusste, dass die Kamera auf sie gerichtet war. Diese Kamera musste sogar direkt vor ihr gestanden haben, so klar und deutlich wie alles zu erkennen war.

,Und da wundert sie sich, dass die Männer sie belästigen?'
fragte sich Nathalie wütend.

‚Sie stellt diese Nacktbilder ins Internet, gibt sich den Blicken von Millionen Menschen vollkommen preis und macht die Männer heiß. Natürlich sind auch solche Männer darunter, die dadurch meinen, sie sei Freiwild.'

Nathalie war sehr verärgert und hätte Beatrice am liebsten sofort zur Rede gestellt, doch sie wollte die junge Frau nicht vor den Polizisten bloßstellen. Bisher hatte niemand Nathalie etwas von den Bildern erzählt, mit denen der Fremde Beatrice bedrohte. Nathalie wäre am liebsten zu Beatrice gestürmt und hätte sie gefragt, was das alles sollte.

Nathalie nahm sich fest vor, Daniel am Abend von den schmutzigen Bildern zu erzählen, die, so war sich Nathalie sicher, Beatrice selbst hatte machen lassen. Je mehr sie über die angebliche Falschheit Beatrices nachdachte, umso mehr tat ihr Daniel leid, der wohl auf sie herein gefallen war. Sie musste ihn über Beatrice aufklären!

Es war nicht nur das eine Bild von Beatrice, das Nathalie fand. Es waren mindestens zwanzig Bilder, die, so dachte Nathalie, Beatrice aus reiner Geldgier ins Internet gestellt hatte. Es schien, als ob Frank einer dieser Männer war, die sich Nacktfotos aus dem Internet auf ihren eigenen Computer kopierten, um sich daran zu ergötzen und sich damit aufzugeilen.

Als es kurz danach klingelte und die Polizisten vor der Tür das vereinbarte Codewort sagten und man sie daraufhin hereinließ, gesellte auch Nathalie sich wieder zu den anderen.

„Wir nehmen den Umschlag mit aufs Revier und untersuchen ihn auf Fingerabdrücke. Wer hat diesen Umschlag aufgehoben?"

Alle zeigten auf Nathalie, die schuldbewusst den Kopf senkte.

„Es tut mir leid, ich habe einfach nicht an so etwas gedacht",
versuchte sie sich zu verteidigen.
„Ist schon gut. Wir bitten Sie, heute Abend bei uns vorbei zu kommen, damit wir Ihre Fingerabdrücke nehmen können und so eine Vergleichsbasis haben."
„Ja, gut. Selbstverständlich komme ich vorbei."
Der Rest des Tages verging langsam, und Nathalie arbeitete sich weiter durch die ominösen Dateien, die Frank, der stellvertretende Buchhalter ihrer Filiale, auf seinem Laptop abgespeichert hatte. Manche der Bilder von nackten Frauen waren regelrecht ekelerregend, und Nathalie glaubte einige Male, nicht weiter machen zu können. Nur der Gedanke daran, dass jemand ihre gute Firma in den Bankrott treiben wollte, trieb sie weiter an. Als Daniel abends nach Hause kam, hatte sie nur noch drei Dateien zum Überprüfen übrig.
Vergebens versuchte Nathalie, Daniel einen Moment alleine zu sprechen, aber es gelang ihr nicht. Sie nahm sich vor, ihm am nächsten Tag von ihrer Entdeckung zu berichten und fuhr nach Hause. Auf dem Weg dorthin hielt sie an der Polizeidienststelle und ließ sich ihre Fingerabdrücke nehmen.

„Ich habe verzweifelt versucht, dich heute im Büro zu erreichen, Martin. Wo warst du?"
Vorwurfsvoll sah sie ihren Mann an, der, wie schon die Tage zuvor, müde und abgespannt nach Hause gekommen war.
„Was meinst du damit, wo ich gewesen bin? In der Firma natürlich."
„Und warum bist du dann nicht ans Telefon gegangen?"
Wütend schrie ihm Nathalie die Worte ins Gesicht.
Martin sah sie erschrocken und fassungslos an.

„Was ist los mit dir, Nathalie? Nur weil du mich nicht erreichen konntest, ist das noch lange kein Grund, mich so laut anzuschreien. Hast du einmal darüber nachgedacht, dass ich fast die meiste Zeit in der Buchhaltung verbringe und nicht in meinem Büro?"

„Es tut mir leid, Martin, es tut mir so leid. Ich wollte doch auch nicht schreien, aber ich habe mir solche Sorgen gemacht. Bitte verzeih mir."

Als Martin in ihre erschrockenen Augen sah, konnte er nicht anders, er musste ihr verzeihen.

„Ist schon gut, Nathalie. Komm her, komm in meine Arme."

Was Nathalie nur allzu gerne tat, und obwohl sie ihm an diesem Abend eigentlich als erstes von den gefundenen Bildern erzählen wollte, ließ sie es. Sie wollte ihn nicht auch noch mit den Problemen von Daniel und Beatrice belästigen.

Währenddessen saßen Daniel und Beatrice auf dem Polizeirevier und sahen sich den Brief an, der am heutigen Tage unter der Tür des Apartments hindurch geschoben worden war. Dieses Mal lagen zwei Fotos dabei, das eine zeigte Beatrice nackt in den Armen von Daniel, und das zweite zeigte sie auf der Couch im Wohnzimmer. Daniel lag auf dem Rücken und sein linkes Bein auf dem Couchtisch, während sich sein rechtes Bein über der Rückenlehne der Couch befand. Zwischen diesen weit gespreizten Beinen kniete Beatrice und hielt den Schaft seines harten Gliedes in ihren Händen. In ihrem Mund befand sich seine Eichel, und sie sah ihm dabei tief in seine Augen, die alles mit verfolgten.

„Das bedeutet, er hat uns in meiner Wohnung fotografiert",

rief Daniel erschrocken aus.

„Aber wie ist das nur möglich?"

„Er muss ein ganz starkes Teleobjektiv auf seiner Kamera haben, anders ist es nicht zu erklären. Diese Bilder sind von der gegenüberliegenden Seite ihres Apartments, also auf der anderen Straßenseite aufgenommen worden. Wir waren auch schon in dem betreffenden Haus und haben festgestellt, dass die Wohnung, die infrage kommt, zurzeit leer steht. Wie oft und wie viele Fotos er von Ihnen gemacht hat, wissen wir natürlich nicht. Der Hausmeister des gegenüberliegenden Hauses sagte uns, dass das Wohnungsschloss aufgebrochen worden war. Er hat ein neues Schloss eingebaut mit zusätzlicher Sicherung, sodass wir davon ausgehen können, dass er von dort keine Fotos mehr machen kann. Wir bitten Sie aber inständig, solange wir ihn noch nicht haben, nicht mehr nackt in Ihrer Wohnung umher zu laufen."
Daniel und Beatrice nickten zustimmend mit ihren Köpfen. Beide waren bei den eindringlichen Worten des Polizisten tief errötet.
„Was mir aber noch mehr Sorgen macht, ist der Satz auf der Rückseite des Fotos."
Der Polizist legte es vor Beatrice und Daniel, und beide erschraken zutiefst, denn sie mussten lesen:
‚Morgen ficke ich die für mich schönste Frau dieser Welt in all ihre Löcher. Morgen stöhnt sie vor Lust in meinen Armen, und morgen schluckt sie meinen Samen.'

„Nein, nein, nein,"
schrie Beatrice weinend auf.
„Ich halte das nicht mehr aus, bitte. Kann mir denn keiner helfen?"
Mit tränenüberströmtem Gesicht sah sie alle an, doch keiner wusste, was in diesem Moment das Beste wäre. Beruhigend zog Daniel sie in seine Arme.
„Was sollen wir tun?"

Diese Frage richtete er an die Polizisten, die sich im Raum befanden.

„Wo sollen wir uns vor diesem Verrückten verstecken? Können wir uns überhaupt vor ihm verstecken? Er weiß doch bestimmt, dass wir hier sind."

Die Polizisten sahen betreten zu Boden. Einer von ihnen räusperte sich und so, als ob er sich selbst nicht sicher war, sagte er langsam an Beatrice gerichtet:

„Wir könnten Sie in Schutzhaft nehmen, was bedeutet, dass wir Sie hier in einer Zelle unterbringen. So sind Sie vor ihm sicher."

„Und wie lange wollen Sie das machen?"

Daniel reagierte wütend auf diesen Vorschlag, der sicherlich gut gemeint war.

„Einen Tag? Eine Woche? Einen Monat? Vielleicht für immer? Das kann doch nicht Ihr Ernst sein?"

„Natürlich nicht für immer,"

versuchte der Polizeibeamte stotternd zu erklären.

„Doch nur, bis wir ihn gefunden haben."

„Und wann werden Sie ihn finden? Sie haben doch überhaupt keine Ahnung, wo Sie mit der Suche anfangen sollen."

„Sie haben natürlich recht",

versuchte der Beamte erneut, Daniel etwas zu beschwichtigen.

„Aber es wäre doch zumindest fürs Erste eine Möglichkeit."

„Daniel,"

warf Beatrice verängstigt ein,

„Daniel, er hat doch recht, und mir macht es nichts aus, eine Nacht hier zu bleiben. Ganz bestimmt nicht, Daniel."

„Nein, auf keinen Fall, Beatrice, ich lasse dich nicht hier im Gefängnis. Du hast nämlich nichts Falsches getan, du nicht, Beatrice."

Daniel stand auf und lief einige Male unruhig auf und ab, aber er kam zu keinem Ergebnis. Kurz hatte er daran gedacht, Beatrice zu seiner Schwester zu schicken, die einige Kilometer weit außerhalb der Stadt wohnte. Aber sofort verwarf er diesen Gedanken wieder, denn bestimmt würde der Fremde sie beobachten und hätte dann ein leichtes Spiel.

„Darf ich kurz telefonieren?"

Der Polizist nickte bei Daniels Frage. Dieser wählte die Nummer von Nathalie und erklärte ihr, dass sich Beatrice in größter Gefahr befand. Nathalie wollte ihn unterbrechen und ihm von ihrem Fund auf ihrem Laptop berichten, aber Daniel ließ sie nicht zu Wort kommen.

„Kann ich Beatrice morgen früh zu dir bringen? Deine Wohnung kennt er nicht, und ich werde versuchen, so viele Umwege wie nur möglich zu fahren, bis ich ihn bestimmt verloren habe und er uns nicht mehr folgt."

„Einen Moment, Daniel, ich werde mit Martin sprechen."

Nathalie erklärte Martin in kurzen Worten, um was es ging.

„Natürlich musst du ihr helfen. Sage ihnen, dass sie Beatrice morgen zu uns bringen können, aber nur mit Polizeibegleitung."

„Die Polizei wird schon vorher bei Euch sein, damit es nicht auffällt. Vielen Dank, Nathalie, und bitte, danke auch deinem Mann für sein Verständnis."

Nachdem es geklärt war, fuhren Daniel und Beatrice zurück in Daniels Apartment.

„Ach, das hatte ich ganz vergessen zu erzählen, Daniel. Heute Morgen rief der Hausmeister an und wollte in deine Wohnung. Womöglich ist etwas mit dem Waschbecken im Badezimmer nicht in Ordnung. Der Mieter in der Wohnung unter deiner Wohnung hätte sich angeblich wegen eines Wasserschadens bei ihm beschwert. Ich wollte dich anrufen, aber es kam immer ein Besetztzeichen."

„Wenn dem so gewesen wäre, Beatrice, hätte mich der Hausmeister direkt in der Praxis angerufen und nicht versucht, mich in meiner Wohnung zu erreichen, denn er weiß, dass ich tagsüber arbeite. Das war nicht der Hausmeister, Beatrice."

Erschrocken sah Daniel auf die Frau neben ihm, die sich ganz tief in ihren Autositz vergrub, als ob sie sich verstecken wollte. Ihre Augen sahen ihn ängstlich an.

„Wir haben ihm auch nicht aufgemacht, als er anschließend klingelte."

„Meine Güte, Beatrice."

Daniel musste den Wagen anhalten, denn er zitterte so stark, dass er das Steuer nicht mehr richtig festhalten konnte.

„Meine Güte, Beatrice, da hattest du aber einen guten Schutzengel. Gut, dass Ihr nicht aufgemacht habt."

Wie verabredet standen schon zwei Polizisten vor dem Haus, in dem sich Daniels Apartment befand. Erst als sie sich vergewissert hatten, dass Daniel und Beatrice in dem Apartment waren und hinter sich abgesperrt hatten, verließen sie den Flur und versteckten sich, damit der Fremde, falls er vorhatte, etwas in dieser Nacht zu unternehmen, sie nicht entdecken konnte.

Im Wohnzimmer angekommen, stellte sich Daniel vor das Fenster und sah nachdenklich auf die gegenüberliegenden Häuser.

„Bitte geh vom Fenster weg, bitte, Daniel."

„Ja, natürlich, Beatrice. Wir wollen ihn nicht noch mehr reizen. Aber es ist schon ein komisches Gefühl, sich in seiner eigenen Wohnung nicht mehr sicher zu fühlen. Gut, dass wenigstens unser Schlafzimmer und das Badezimmer nicht einsehbar sind."

Nachdem sie eine Kleinigkeit gegessen hatten, gingen sie sofort in Daniels Schlafzimmer, denn dort fühlten sie sich sicher.

„Komm her, meine kleine Beatrice, komm."

Daniel, der noch angezogen auf dem Bett lag, breitete seine Arme aus, und Beatrice legte sich zu ihm und schmiegte sich ganz fest an seinen starken Körper.

„Aber irgendwie kann ich dieser ganzen Sache auch etwas Gutes entnehmen."

„Etwas Gutes? Aber Daniel!"

„Dann sieh es mal so, Beatrice. Ohne diesen Fremden wären wir beide nicht zusammen gekommen."

„Ja, da hast du natürlich recht, Daniel."

Eng aneinander gekuschelt lagen sie auf Daniels breitem Bett. Sie konnten durch den ganzen Stress, den sie in den letzten Tagen erlebt hatten, keine sexuellen Gefühle empfinden, nur ein warmes und inniges, das sie beide befallen hatte, genossen sie schweigend.

Diese Nacht verlief ruhig. Der Fremde ließ sich nicht blicken.

Wie verabredet, brachte Daniel am nächsten Morgen Beatrice schon früh zu Nathalie und Martin. Zum ersten Mal sahen sich die beiden Männer und waren sich auf Anhieb sympathisch. Gleich darauf klopfte es, und es waren zwei Polizisten in Zivil, die eingeteilt waren, sich mit den Frauen gemeinsam in der Wohnung aufzuhalten und dort auf sie aufzupassen.

„Hätten wir das geahnt, hätten wir natürlich ein größeres Apartment gemietet",
spottete Martin.

„Es tut mir leid, das war nicht so gemeint, ich wollte nur die Stimmung etwas aufheitern."

„Ist schon gut, Martin, es war nett gemeint von Ihnen."
Daniel klopfte Martin leicht auf die Schultern.

„Ich muss in die Praxis."

Mit diesen Worten nahm er Beatrice in seine Arme und küsste sie leicht auf die Stirn. Er konnte sie nicht vor Nathalie auf die Lippen küssen, etwas hielt ihn davon ab.

„Tschüss, Nathalie, bis heute Abend. Bitte ruft sofort in der Praxis an, wenn sich etwas ereignet, das Euch nicht normal erscheint, versprochen?"

Beatrice und Nathalie nickten gleichzeitig.

„Ich muss auch gehen, bis heute Abend."

Martin küsste Nathalie kurz auf die Lippen, und beide Männer verließen gemeinsam die kleine Wohnung.

Befremdlich sah sich Beatrice um. Sie wusste nicht, was sie tun sollte.

„Lesen Sie gerne?"

Die freundliche Frage von Nathalie unterbrach Beatrices angstvolle Gedanken. Sie nickte erfreut, und Nathalie führte sie zu ihrem kleinen Buchfundus, den sie von zuhause mitgebracht hatte.

„Suchen Sie sich eins davon aus. Sie sind alle sehr kurzweilig geschrieben. Ich werde uns allen Kaffee kochen."

Die beiden Polizisten saßen vor den beiden Fenstern, die zur Straße führten und beobachteten aufmerksam, was sich vor dem Haus abspielte. Beatrice saß auf der Couch und tat, als ob sie in dem Buch lesen würde, das sie sich ausgesucht hatte, und Nathalie saß am Esstisch und blickte angestrengt auf ihren Laptop. Eine seltsame Ruhe hatte sich in dem kleinen Apartment ausgebreitet, die nur ab und zu durch ein leichtes Räuspern oder Hüsteln von den Menschen, die sich darin befanden, unterbrochen wurde.

Nathalie hatte sich die Datei wieder angesehen, die die Nacktbilder Beatrices zeigten. Sie zeigten Beatrice in einer Wohnung, die Nathalie nicht kannte. Sie zeigten sie auf einem Bett, und sie zeigten deutlich, wie Beatrice sich selbst mit ihren Fingern befriedigte. Klar und sehr deutlich konnte man alle Einzelheiten erkennen.

‚Wie kann sie nur so unverschämt sein?'
dachte Nathalie immer wieder, und bei einigen Bildern errötete sie. Doch plötzlich stutzte sie, denn auf einem der Bilder konnte sie Daniel sehen, wie er gerade versuchte, seinen Penis in Beatrices Hintern zu drücken. Tief herunter gebeugt auf die Couch, stand sie mit gespreizten Beinen vor Daniel. Durch ihren gestrigen Besuch in Daniels Wohnung erkannte Nathalie, dass die Bilder im Wohnzimmer aufgenommen worden waren. Auf dem nächsten Bild hatte sich Beatrice noch tiefer auf die Couch gebeugt, und Daniel, der hinter ihr stand, hatte seinen kräftigen Penis tief in ihrem Hintern. An seinem Gesichtsausdruck konnte Nathalie erkennen, dass er kurz vor dem Abspritzen war, doch Beatrice schien es nicht sonderlich zu gefallen.
Nathalie wurde immer wütender. Nicht nur, dass Beatrice augenscheinlich jemandem erlaubte, pornografische Aufnahmen von ihr selbst zu machen, nein, sie erlaubte demjenigen auch, sich und Daniel bei ihren sexuellen Tätigkeiten zu fotografieren.
‚Ob Daniel das weiß?'
dachte sie und wurde immer wütender. Es war doch kein Wunder, wenn solche Bilder existierten, die Männer aufgeilten und zu Stalker werden ließen. Oder Männer wie Frank, der sie sehr wahrscheinlich aus dem Internet geladen hatte und dann auf seinen Laptop gespeichert hatte, um seinen eigenen Trieb zu befriedigen.
‚Hatte Martin ihr nicht erzählt, dass Frank abstoßend wirkte? Hatte er vielleicht keine Freundin und benötigte er deshalb solche Bilder, um sich abzureagieren?'

Verärgert stand Nathalie auf und ging ins Badezimmer. Als sie nach einer Weile wieder zurückkam, stand Beatrice vor ihrem Laptop und presste ihre Hand vor ihren Mund, so, als ob sie laut schreien wollte. In ihren Augen konnte man das blanke Entsetzen erkennen.

„Sie? Sie sind das Nathalie? Aber warum? Warum machen Sie das? Was habe ich Ihnen getan?"

Laut aufweinend lief Beatrice zu den Polizisten. Nathalie verstand überhaupt nicht, was los war. Beatrice deutete immer wieder auf den Laptop und zog die Polizisten mit sich. Als diese die Bilder auf Nathalies Computer sahen, nahmen sie sie sofort in ihre Mitte und hielten sie fest.

„Nathalie, Sie sind verhaftet. Bitte, wehren Sie sich nicht."

Nathalie war so überrascht, dass sie zuerst keinen Ton heraus brachte. Dann begriff sie langsam, dass man sie für den Stalker hielt.

„Aber ich habe diese Bilder gerade gefunden. Sie sind nicht von mir, sondern von einem anderen Computer, den ich gerade untersuche. Sie müssen mir glauben."

Doch die Polizisten glaubten ihr nicht und lasen Nathalie stattdessen ihre Rechte vor. Es vergingen nur wenige Minuten, und das gesamte Apartment war gefüllt von anderen Polizisten. Sofort wurde ihr Laptop beschlagnahmt und Nathalie in eines der bereitstehenden Polizeiautos gebracht. Ihre Proteste gingen in dem allgemeinen Stimmengewirr unter. Im Polizeiauto beteuerte sie immer wieder ihre Unschuld, aber die beiden Beamten verzogen keine Miene, sondern brachten Nathalie auf geradem Weg zur Polizeizentrale.

In der Zwischenzeit war Beatrice in einem anderen Polizeiauto zur Praxis gefahren worden.
„Sie haben den Stalker",

rief sie glückstrahlend und umarmte Daniel.

„Gott sei Dank,"

entfuhr es ihm.

„Gut, dass jetzt alles vorbei ist. Kennst du ihn?"

„Es war Nathalie. Stell Dir das einmal vor. Es war Nathalie. Sie hatte die Bilder auf ihrem Laptop."

Daniel schien zu erstarren. Das konnte und wollte er nicht glauben.

„Warum sollte Nathalie so etwas tun?"

Ungläubig sah er auf Beatrice, die überglücklich an seinem Arm hing.

„Vielleicht war sie ja eifersüchtig auf mich? Vielleicht wollte sie dich ganz allein für sich? Ich weiß es doch auch nicht, Daniel."

Immer noch konnte Daniel es nicht glauben, aber was Beatrice gerade gesagt hatte, ergab einen Sinn.

‚Sollte sich Nathalie wirklich so sehr in ihn verliebt haben, dass sie zu so etwas fähig war?'

Die Zweifel, die in ihm nagten, ließen ihm keine Ruhe. Er glaubte nicht, dass Nathalie der Stalker war.

„Nein, auf keinen Fall, das glaube ich nicht",

rief er laut und sah zornig auf Beatrice.

„Ich glaube nicht, dass Nathalie es war. Was hat sie denn zu ihrer Verteidigung gesagt? Sie muss doch etwas gesagt haben?"

„Ja, das hat sie, warte mal, ja, sie hat gesagt, dass sie einen anderen Computer untersuchte und sich dessen Dateien auf ihren Laptop gespeichert hat."

„Da siehst du es, sie war es nicht, glaube es mir, Beatrice."

Die Vehemenz, mit der Daniel Nathalies Unschuld verteidigte, überraschte und verletzte Beatrice.

‚Sollte er doch mehr Gefühle für Nathalie hegen, als er es ihr gegenüber zugegeben hatte?'

„Du bist hier nicht sicher, denn ich glaube fest daran, dass der Stalker ganz in unserer Nähe ist. Wir fahren zur Polizei."

Wieder musste Daniel innerhalb kürzester Zeit seine Praxis abrupt schließen, doch die Patientinnen nahmen es mit Gelassenheit, denn sie vertrauten ihrem Doktor und kamen gerne zu einem späteren Termin wieder.

So schnell er konnte fuhr Daniel mit Beatrice zum Polizeirevier. Dort wollte man sie zuerst nicht zu Nathalie lassen, da sie sich mitten in einem Verhör befand. Doch mit viel Überredungskunst gelang es Daniel endlich, mit Nathalie zu sprechen. Völlig aufgelöst und unter Tränen berichtete sie ihm, wie sie auf die Bilder gestoßen war und dass ihr niemand glaubte.

„Ich glaube dir, Nathalie."

Der dankbare Blick aus ihren verweinten Augen war für ihn der schönste Dank.

„Bitte, Daniel, bitte ruf Martin an und sag ihm, er möchte bitte sofort hierhin kommen. Ich habe die Polizisten gebeten ihn anzurufen, aber sie taten es einfach nicht."

„Mache ich, Nathalie. Sofort rufe ich Martin an, ach, Nathalie, es tut mir alles so leid."

„Mir auch, Daniel, mir auch, und ich bin froh, wenn die Sache endlich aufgeklärt ist."

Daniel erreichte Martin und berichtete ihm in kurzen Worten, dass sich Nathalie auf dem Polizeirevier befände und er so schnell wie möglich dorthin kommen sollte. Die Gründe, warum Nathalie sich dort befand, sagte er ihm nicht. Schon nach 20 Minuten traf Martin ein und war geschockt, als er erfuhr, was Nathalie zur Last gelegt wurde.

„Aber das ist doch nicht möglich",

warf er den Polizisten vor.

„Meine Frau hat mit dieser Sache nichts, aber auch überhaupt nichts zu tun. Dafür lege ich meine beiden Hände ins Feuer."

„Wieso sind Sie sich da so sicher?"

Die eiskalte Stimme des Revierleiters regte Martin noch mehr auf.

„Weil ich meine Frau kenne, und weil meine Frau diesen Laptop erst seit vier Tagen besitzt. Nein, diesen erst seit zwei Tagen, davor hatte sie den Computer eines unserer Angestellten, und die Dateien, die Sie auf ihrem Laptop gefunden haben, hat sie von dem Computer des Angestellten kopiert. Eigentlich war sie auf der Suche nach dem Grund des Verschwindens diverser Firmengelder. Das war auch der Grund, warum hier her gekommen sind. Wir wollten herausfinden, wer der Veruntreuer in unserer Firma ist."

„Und, haben Sie ihn gefunden?"

„Nein, noch nicht."

„Können Sie mir sagen, wem der Computer gehört, auf dem die Nacktbilder gespeichert waren?"

„Ja, sein Name ist Frank, Frank Collier. Er ist der stellvertretende Buchhalter unserer Firma."

Die Polizisten berieten sich eine Weile, dann wandte sich der Leiter des Reviers wieder an Martin.

„Würden Sie ihn bitte anrufen?"

„Und was soll ich ihm sagen?"

„Damit er keinen Verdacht schöpft, sagen Sie ihm einfach, dass er Sie hier abholen soll."

Sofort wählte Martin die Nummer der Firma, aber dort teilte man ihm mit, dass Frank sich den Nachmittag frei genommen hatte.

„Wissen Sie, wo er wohnt?"

Martin schüttelte seinen Kopf und wählte noch einmal die Nummer der Firma. Bereitwillig gab man ihm die Privatadresse von Frank.

Dann setzte sich der riesige Polizeiapparat in Bewegung. Binnen kürzester Zeit wurden verschiedene Polizisten an die unterschiedlichsten Orte beordert. Nathalie war erleichtert, dass man sie nicht mehr für schuldig hielt, die gemeinen und obszönen Dinge, derer man sie beschuldigt hatte, getan zu haben.

„Am sichersten wäre es, wenn Sie alle hier bleiben würden."

Fragend sah der Polizeichef auf Beatrice, Daniel, Martin und Nathalie. Alle nickten, denn er hatte recht. Hier konnte ihnen nichts passieren.

„Am besten, Sie gehen in unsere Kantine und warten dort. Ich werde Ihnen so bald wie möglich Bescheid geben und Sie über den Verlauf der Suche unterrichten. Die vier jungen Menschen begaben sich zusammen in die Kantine und tranken schweigend ihren Kaffee.

„Es tut mir so leid, dass ich dich verdächtigt habe",

versuchte Beatrice ein Gespräch mit Nathalie anzufangen, aber sie stand noch unter dem Schock des soeben Erlebten und schmiegte sich eng an Martin, der sich so für sie eingesetzt hatte.

„Mir tut es auch leid, dass alles so gekommen ist",

versicherte auch Daniel.

„Du hast uns so geholfen und dann das. Aber was sollte Beatrice sonst denken, als sie die Bilder auf deinem Laptop sah?"

„Ist ja schon gut",

meinte Nathalie müde.

„Eigentlich müsste ich mich auch entschuldigen, denn als ich die Bilder gestern das erste Mal sah, verdächtigte ich Beatrice, sie bewusst aufgenommen und im Internet veröffentlicht zu haben.

Es dauerte Stunden, bis der Chef der Polizei strahlend in die Kantine kam, um die Neuigkeiten zu verkünden.

„Wir haben ihn, endlich. Ich weiß, für Sie muss es wie eine Ewigkeit vorgekommen sein, aber dieser Frank Collier ist schlau, sehr schlau."

„Wo haben Sie ihn gefunden?"

Der Chef sah sie an und meinte dann ganz vorsichtig: „In der Wohnung von Daniel. Er hatte sich im Badezimmer verschanzt und wartete darauf, dass entweder Beatrice alleine oder mit Daniel zusammen die Wohnung betreten würde."

Die beiden jungen Paare erschraken.

„Und wo ist er jetzt?"

„Oben. Er wird gerade vernommen. Übrigens, er hatte vor, heute Abend mit Beatrice das Land für immer zu verlassen. Er hatte einen Privatjet gebucht und neue Ausweispapiere für sich und Beatrice besorgt. Das Geld dafür hat er wohl aus Ihrer Firmenkasse abgezweigt."

Dabei sah der Polizeichef Martin und Nathalie an.

„Darf ich ihn sehen?"

stammelte Beatrice.

„Ich muss ihn sehen, um es glauben zu können, bitte."

„Selbstverständlich können Sie ihn sehen. Sie müssen ihn sogar sehen, Beatrice, denn nur Sie können ihn als ihren Stalker identifizieren."

Gemeinsam gingen sie zu den Büros, in denen Vernehmungen durchgeführt wurden. In einer Gitterzelle saß Frank Collier. Sein Gesicht glühte vor Wut, als er die eintretenden Personen sah.

„Das ist er, ja, da gibt es keinen Zweifel. Das ist der Mann, der mich seit Tagen verfolgt."

Mit ausgestrecktem Finger zeigte Beatrice auf Frank, der sie mit gierigen Augen ansah.

„Und ich werde dich doch bekommen, du wirst schon sehen",

zischte er sie wütend an.

Erschrocken drehte sich Beatrice um und flüchtete in die Arme von Daniel. Ein lauter, hasserfüllter Schrei von Frank folgte, aber er konnte Beatrice nichts mehr anhaben. Gemeinsam verließen sie den Raum, um ein letztes Mal mit den Polizisten zu sprechen.

„Wollen Sie Anzeige gegen ihn erstatten?"

Beatrice nickte.

„Selbstverständlich, denn dieser Mann ist gefährlich. Er gehört ins Gefängnis."

„Ich erstatte ebenfalls Anzeige."

Die Polizisten sahen auf Martin, der diese Worte ausgesprochen hatte.

„Ich erstatte Anzeige wegen Unterschlagung unseres Firmeneigentums und bitte Sie, seine Konten zu überprüfen. Die genaue Gesamtsumme der Unterschlagung lasse ich Ihnen noch zukommen."

Nachdem die Polizisten die Anzeigen aufgenommen hatten, konnten beide Paare beruhigt das Revier verlassen und verbrachten das erste Mal seit langer Zeit wieder eine ruhige Nacht. Martin mit Nathalie und Daniel mit Beatrice. Da Daniels Wohnung aufgebrochen worden war, schliefen Daniel und Beatrice zusammen in Beatrices kleiner Wohnung und in ihrem schmalen Bett, das eigentlich nur für eine Person gedacht war. Doch sie schmiegten sich so eng aneinander, dass sogar noch Platz übrig war.

Als Beatrice und Daniel am nächsten Morgen erwachten, schien die Sonne vom blauen Himmel.

„Eigentlich müssten wir heute einen Urlaubstag einlegen",

überlegte Daniel laut.

„Nein, das geht nicht",

erwiderte Beatrice rein geschäftsmäßig.

„Du hast so lange gebraucht, um dir diese gut gehende Arztpraxis aufzubauen. Da kannst du nicht einfach so frei machen. Das geht nicht!"

Daniel musste laut lachen.

„Du sprichst schon wie eine Arztfrau. Immer darauf bedacht, dass ihr Mann genügend Geld verdient, damit sie sich ein schönes Leben leisten kann."

„Aber Daniel,"

versuchte Beatrice ihm zu widersprechen, aber sie konnte nicht, denn Daniel hatte sich über sie gebeugt, und seine Zunge fand ihren Weg zwischen Beatrices Zähne wie von ganz alleine. Auch seine Hände fanden ihre warme und feuchte Vagina und öffneten sie, damit sein Schwanz ohne Schwierigkeiten in sie eindringen konnte. Noch mit seinem Mund auf ihren Lippen kam er in ihr und stöhnte seinen Orgasmus tief in ihren Mund.

Um Beatrice zu beweisen, dass er nicht nur auf seinen eigenen sexuellen Höhepunkt aus war, rutschte er hinunter und sorgte mit seinen starken Lippen dafür, dass sich auch ihr Kitzler entlud. Anschließend mussten sie sich jedoch sehr beeilen, um noch einigermaßen pünktlich zur Praxis zu kommen. Das Glück war Beiden anzusehen.

Der Tag für Nathalie und Martin begann ähnlich. Als sie durch die Morgensonne geweckt wurden, realisierten sie, dass ihr Aufenthalt durch die Lösung des Falles ‚Veruntreuer' einen neuen Sinn bekommen hatte. Sie waren nun Urlauber und hatten sehr viel Zeit, um den südlichen Teil Deutschlands kennen zu lernen. Nachdem sie sich gegenseitig liebevoll oral befriedigt und anschließend ausgiebig gefrühstückt hatten, konnte Martin endlich seinen Schwiegervater anrufen und ihm die gute Nachricht übermitteln.

„Ich wusste, dass du es schaffen würdest, mein Sohn",

rief Nathalies Dad überglücklich ins Telefon.

„Ich war es nicht alleine, Vater",

versuchte Martin ihn zu überzeugen.

„Ohne deine Tochter hätte ich es nie geschafft."

„Nicht so bescheiden, mein Sohn, nicht so bescheiden. Ich weiß schon, was ich an dir habe, und ich bin mir sicher, dass Nathalie auch weiß, was sie an dir hat."

„Ja, Papa, das weiß ich",
fügte Nathalie zärtlich hinzu.

„Deine Mutter und ich haben uns etwas für Euch ausgedacht."

„Ja?"

„Wir dachten, Ihr könntet doch eine Weltreise machen und haben Euch dafür Tickets auf einem der größten Passagierschiffe der Welt besorgt. Die Reise beginnt in einer Woche ab. Was haltet Ihr davon?"

Wie aus einem Mund riefen Nathalie und Martin:

„Danke, danke, vielen Dank. Das hört sich wunderbar an."

„Gut, Ihr müsst gar nichts machen, sondern Euch nur in Hamburg am Anlegeplatz einfinden. Die genauen Daten schicke ich Euch per Mail. Bis dahin verbringt noch ein paar schöne Tage im Süden, tschüss."

Martin und Nathalie strahlten sich an. Endlich würden sie einmal viel Zeit für einander haben. Eigentlich hatten sie außer ein paar Tagen während ihren Flitterwochen noch keinen Urlaub miteinander verbracht. Nathalies Vater fand es immer wichtiger, Martin in der Firma einzuarbeiten.

„Er muss eine sehr gute Meinung von dir haben, wenn er uns jetzt auf eine Weltreise schickt",
flüsterte Nathalie Martin stolz ins Ohr.

„Aber ohne dich hätte ich es nie geschafft, und das weißt du."

„Ist doch egal, die Hauptsache ist, wir beide sind glücklich."

Während ihrer letzten Worte hatte Nathalie versucht, ihre Hand unter das Hemd von Martin zu bekommen.

„Hast du immer noch nicht genug, meine kleine Nathalie?"

„Nein, ich glaube, Martin, von dir bekomme ich nie genug."

Freiwillig zog er sein Hemd aus und knöpfte seine Hose auf. Nathalie stand vor ihm und sah ihm mit geilen Augen zu.

„So, so, einen Striptease nur für mich,"

murmelte sie und kam näher auf ihn zu.

Martin musste lachen.

„So stellst du dir einen Striptease vor? Warte mal."

Damit ging er zum Radio und suchte einen Sender mit Musik. Im Takt zu moderner Beatmusik zog er lasziv seine Unterhose aus und beendete seinen Tanz, indem er seinen Slip durch die Wohnung warf und sich vor Nathalie bückte.

Es hatte sie sehr erregt, als er sich vor ihr ausgezogen hatte, und sie konnte nicht anders, sie musste ihn zwischen seinen Pobacken, die er vor sie hinstreckte, küssen.

„Jetzt bist du dran",

flüsterte Martin erregt, als ein neues Lied im Radio erklang. Lächelnd tänzelte Nathalie vor ihm hin und her und versuchte im Takt der Musik, sich ihres T-Shirts zu entledigen. Auch sie drehte sich um, als sie es ausgezogen hatte. Durch ihren Tanz sehr erregt, wartete Martin nicht darauf, dass sie langsam weiter machte. Er hob Nathalie auf seine Arme und trug sie ins Schlafzimmer. Dort zog er ihren Slip langsam über ihre Beine hinunter und warf auch ihn durch den Raum. Längst hörten sie nicht mehr auf die Musik aus dem Radio, die noch immer im Nebenraum spielte. Der Anblick ihrer nackten Körper hatte sie beide so erregt, dass nur noch sie wichtig waren. Martin begann Nathalie zu küssen und fing mit ihrem Mund an. Dann wanderten seine Lippen weiter zu ihren

Ohrläppchen und über ihren Hals hinunter zu ihren Brüsten. Mittlerweile war Martin so erregt, dass er etwas zu heftig an ihren Nippeln saugte und sich Nathalie stöhnend unter ihm wand. Auch sie war bis aufs Äußerste erregt und wollte nur noch eins, einen Orgasmus.

„Bitte, Martin, bitte."

Doch Martin küsste weiter ihren wundervollen Körper und bemerkte anfangs nicht, dass sie ihre Finger zwischen ihre Schamlippen geschoben hatte. Erst als sich ihr Arm heftig bewegte und ihr Atem schneller ging, wurde es Martin klar, dass Nathalie dabei war, sich selbst einen Orgasmus zu verschaffen. Ihre Finger hatte sie um ihren Kitzler gelegt und sie massierten ihn kräftig. Noch nie hatte er seine Frau dabei beobachtet, wie sie sich selbst befriedigte und sah nun erregt zu.

Als Nathalie bemerkte, dass Martin ihr mit gierigen Augen zusah, spreizte sie ihre Beine noch mehr, um ihm den Anblick ihrer nackten Genitalien zu erleichtern. Zwischen ihrem Zeige- und Ringfinger schaute gerade mal die Spitze ihrer Klitoris heraus. Immer schneller wurden die Bewegungen von Nathalies Arm, und plötzlich krampfte sie sich zusammen und legte ihre andere Hand über ihre Lippen. Stöhnend ließ sie ihrem Orgasmus freien Lauf. Staunend hatte ihr Martin zugesehen, und als er sah, dass sie ihren Orgasmus durchlebte, beugte er sich schnell hinunter und saugte die herausquellenden Lusttropfen genüsslich aus ihrem Kitzler.

„Meine Nathalie, meine liebe Nathalie,"

flüsterte er und zwängte seine Zunge zwischen ihre Lippen. Gemeinsam teilten sie sich den wunderbaren Geschmack der Lust, den ihr Körper hervor gebracht hatte.

Dann stand Martin auf und stellte sich vor das Bett, nahm seinen steifen Schwanz in seine rechte Hand und seinen schweren Hodensack in seine linke Hand.

„Ich habe dir zugesehen, nun sieh mir auch zu, wie ich mir einen Orgasmus runterhole, "

stöhnte er aufs höchst erregt.

Nathalie drehte sich auf die Seite und beobachtete, wie Martin langsam anfing, den Schaft seines enormen Gliedes auf und nieder zu reiben. Gleichzeitig massierte er seine Hoden, und je schneller er seinen Schaft rieb, umso heftiger massierte er den Hodensack.

Es erregte Nathalie, ihren Mann so zu sehen, und als sie bemerkte, dass er kurz davor war abzuspritzen, stülpte sie ihre Lippen über seine Eichel und trank seinen Samen.

Anschließend lagen sie nebeneinander und genossen ihre Zweisamkeit. Eine wundervolle Zukunft lag vor ihnen, und sie wussten, sie würden sie gemeinsam genießen.